Lukas Bärfuss
Malinois

Lukas Bärfuss
Malinois

Erzählungen

WALLSTEIN VERLAG

Bibliografische Information der Deutschen Nationalbibliothek

Die Deutsche Nationalbibliothek verzeichnet diese
Publikation in der Deutschen Nationalbibliografie;
detaillierte bibliografische Daten sind im Internet über
http://dnb.d-nb.de abrufbar.

© Wallstein Verlag, Göttingen 2019
www.wallstein-verlag.de
Vom Verlag gesetzt aus der LD Fabiol Pro
Umschlaggestaltung: Norm, Zürich
unter Verwendung einer Lithografie von Shirana Shahbazi (Palme, 2014)
Druck und Verarbeitung: Pustet, Regensburg

ISBN 978-3-8353-3600-1

Inhalt

Was ist die Liebe?

Eine Fürchterlichkeit natürlich; eine Wildnis, die Unterstand verspricht; ein schrecklicher Wille zur Unordnung, der sich hinter Ritualen verbirgt; eine Grausamkeit, die sich der Zärtlichkeit bedient; eine Gesetzlosigkeit, die Freiheit behauptet. Liebe ist auch eine Funktion des Magens, die sich nicht auf diesen beschränkt.

Ein vierundfünfzigjähriger Mann, der davon lebte, in Gaststätten die Geldspielautomaten zu unterhalten, seit zweiunddreißig Jahren verheiratet, Vater zweier Söhne, der Ehefrau treu und ergeben in jenem Sinne, dass er ihr vertraute und auch mit ihr zu reden versuchte, wenn es ihm leichter gefallen wäre, zu schweigen, verliebte sich in seinen Schwager, den Gatten seiner Schwester.

Der Schwager war Pfeifenraucher, und die Schönheit der reifen Männer war längst aus seinem Gesicht gefallen. Er kam ins Alter, in dem die Nase noch einmal größer wird und Haare in den Ohren sprießen.

Dreißig lange Jahre hatten die Männer sich gekannt, hatten geteilt, was sie glaubten teilen zu können, die Sonntagabende auf der Veranda, die Marmelade aus dem eigenen Garten, den Kummer mit den Kindern, einmal auch den Strandurlaub.

Der Mann hatte nichts für den Schwager gefühlt, bis zu jenem Samstag, an dem sie die Frühjahrsmesse besuchten. Sie waren beide in Laune, alberten mit den Verkäufern herum und lachten über eine Überflüssigkeit, die sie ihren Ehefrauen kauften.

Später entschlossen sie sich, den Heimweg zu verlängern und durch das Ried zu gehen. Es gab Hunde dort, und es war mitnichten Frühling, es war immer noch Februar, wenn auch ein viel zu warmer. Jenseits der Brücke blühten frühe Krokusse. Der Schwager bückte sich nach den Blumen, und der Mann sah die violetten Blüten in der großen Hand, dachte, schöne Krokusse in einer schönen Hand, und als der Schwager sich erhob, wurde der Mann schüchtern und lachte. Weshalb lachst du?, fragte der Schwager. Nur so, gab er zu Antwort und erkannte, dass ihm am Schwager auch die Augen gefielen. Er hustete. Er senkte seinen Blick. Sie gingen weiter. Vor dem Haus des Schwagers verabschiedeten sie sich. Er wurde zornig, wie er an seine Schwester dachte, und traurig, als er vor sich die sinnlosen Stunden sah.

Sonntags gab es Schnee. Seine Frau und er blieben zu Hause. Sie schaute fern, er saß neben ihr auf dem Sofa und blätterte in alten Fotoalben. Als sie einmal auf die Toilette ging, riss er eine Fotografie vom Karton und steckte sie in sein Portemonnaie.

Er sah sich die Fotografie immer wieder an, den ganzen nächsten Tag auf seiner Runde durch die Gaststätten. Er leerte rasch die Münzkassetten, ließ die durchgebrannten Leuchtdioden stecken, lehnte den Kaffee ab, den man ihm anbot, setzte sich in den Wagen und betrachtete das Bild seines Schwagers am Strand von Sète, Sommer sechsundachtzig. Du dummer Hund, du dummer, sagte er laut zu sich und schüttelte den Kopf.

Erst ein halbes Jahr später, nach einer Einladung bei

Schwester und Schwager, offenbarte er sich seiner Frau. Sie waren in der Küche. Er saß. Sie stand.

Was willst du machen?, fragte sie.

Ich möchte bei ihm sein, ich möchte sehen, wie er Krokusse streichelt.

Das kannst du doch, meinte sie, da ist doch nichts dabei.

Es war eine Weile still, und dann sagte er: Und ich möchte ihn küssen, einmal nur.

Seine Hände lagen auf dem Tisch.

Dann sagte seine Frau: Ich habe darüber gelesen. Das kommt vor in deinem Alter. Das ist der Magen. Das geht vorbei.

Bürgerort

Meine Mutter hatte mir gesagt, dass, falls ich es nicht mehr könnte, die Gemeinde E. als mein Bürgerort für mich aufkommen müsste. Deshalb fuhr ich hin. Am Bahnhof löste ich, da ich nicht wusste, auf welchem Weg ich zurückkehren würde, lediglich eine Fahrkarte für die Hinfahrt. Im Zug traf ich eine Bekannte. Wir hatten uns zwei Jahre nicht gesehen. Sie erzählte von ihren Reisen. Sie schien müde. Wir tranken Kaffee, den meine Bekannte bezahlte. Deshalb bemerkte ich es im Zug nicht.

In B. verabschiedete ich mich von meiner Bekannten und stieg in den Regionalzug nach L. Im Zug saßen außer mir nur drei schweigende Frauen und ein Mann mit langen Haaren und einer tätowierten Stirn. Eine der Frauen hatte braune Augen, die mir gefielen. In S. verließ ich sie und wartete auf den Autobus, der mich nach E. brachte. Die Fahrt führte durch hügeliges Land. Es war ein ungewöhnlich trüber Tag, mit Regen seit dem Morgen. Der Sturm vom vorigen Winter hatte in jener Gegend schlimm gewütet. Ich sah Wälder, die keine mehr waren.

In E. fragte ich jemanden nach dem Weg zur Gemeindekanzlei. Ich hielt Ausschau nach Gebäuden, in denen Sozialwohnungen zu vermuten waren. Ich sah einen Wohnblock mit unglaublich kleinen Fenstern. Ich betrat einen Spezereiladen, in dessen Regalen nichts als ein verkohltes Brot und drei Stück holländischer Plunder lagen. Auf dem Plunder saßen Fliegen. Ich kaufte nichts. Deshalb bemerkte ich es im Spezereiladen nicht.

Beim Schulhaus empfing mich Geschrei und vor der Gemeindeverwaltung die Armee. Es gab Soldaten, Jeeps, Stacheldraht, aufgereihte Sturmgewehre, einen mit Sandsäcken geschützten Kontrollposten und einen Unteroffizier, der mich passieren ließ. In der Kanzlei saßen der Schreiber und sein Gehilfe an ihren Pulten. Ich fragte nach dem Zivilstandsregister. Ich sei Bürger dieser Gemeinde. Der Schreiber antwortete, es werde seit einiger Zeit aus Kostengründen in L. geführt. Er persönlich bedaure dies. Das Zivilstandsregister sei für einen Bürgerort dasselbe wie das Gedächtnis für den Kopf. Welchen Sinn habe ein Kopf ohne Gedächtnis, fragte der Schreiber. Der Hilfsschreiber hob die Schultern. Früher, fuhr der Schreiber fort, seien sommers die amerikanischen Mormonen gekommen, deren Vorfahren von hier ausgewandert oder vertrieben worden seien. Den Mormonen sei Ahnenforschung religiöse Pflicht, und er selbst sei in die Archive gestiegen. Er habe die Kolonnen in den alten Registern nach den Namen jener durchsucht, die aus der Gemeinde E. ausgewandert oder vertrieben worden seien. Er sei erblasst beim Lesen der Chroniken. Er habe Dinge gesehen, raunte der Schreiber. Der Hilfsschreiber nickte und blieb stumm. Auf der Schaltertheke lag eine Broschüre mit dem Titel »Heimatbuch von E.«. Ich fragte nach dem Preis. Es sei das letzte, sagte der Schreiber und schenkte es mir. Deshalb bemerkte ich es in der Gemeindekanzlei nicht.

Im Gasthof zum Löwen aß ich Fleisch und Bohnen und entschloss mich, weil es billig war, ein Zimmer zu nehmen.

Die Servlererin lachte und setzte das Essen auf die Rechnung. Deshalb bemerkte ich es auch im Gasthof nicht.

Es war ein gutes Zimmer, und es war ein gutes Bett. Ich zog die Hose aus und lag eine oder zwei Stunden unter der warmen Decke und las im Heimatbuch.

Spät am Nachmittag stand ich auf dem Friedhof. Es war ein ungepflegter, schlammiger Acker an der Hauptstraße. Die Gießkanne hatte Rostlöcher, und auf dem gekiesten Pfad wuchs Unkraut. Selbst die Gräber der Kinder waren vergessen. Ich fand ein offenes Grab, faulige Trauerkränze und ein Kreuz, auf dem mein Name stand. Der Mann war seit zwanzig Jahren tot. In der Kirche, von deren Glocken es im Heimatbuch hieß, sie hätten, als die Täufer ermordet oder nach Amerika deportiert wurden, in angemessenem, bescheidenem B−Des geklungen, wollte ich dem Opferstock spenden.

Da bemerkte ich, dass ich das Portemonnaie mit meinem ganzen Geld verloren hatte.

Wie sollte ich nun die Fahrkarte bezahlen? Mit welchem Geld das Essen und das Zimmer? Ich hatte doch schon das Laken zerknüllt!

Ich dachte an das, was meine Mutter gesagt hatte.

Der Schreiber sagte: Ja, das habe früher gegolten, da habe die Heimatgemeinde ihre armengenössigen Bürger aufgenommen, habe ihnen Essen gegeben und ein Bett. Das sei nicht mehr so. Das sei vorbei. Schon lange. Geld gebe es keines. Unter keinen Umständen. Der Hilfsschreiber schüttelte den Kopf.

Deshalb verließ ich die Kanzlei, und deshalb floh ich aus E., von der in meinem Pass steht, sie sei meine Heimatgemeinde, und die mich genährt und gebildet und mir ein Bett gegeben hat, obwohl ich kein Geld hatte und nichts zum Bezahlen.

Los Angeles

Mutter wartete schon unten an der Straße. Jemand muss ihr die Treppe hinuntergeholfen haben. Sie hat sich hübsch gemacht. Sie trägt ein flaschengrünes Kleid, das Haar hat sie hochgesteckt, und auf den Wangen glänzt das Rouge.

– Hallo, sage ich und beuge mich zu ihr hinunter. Sie streckt ihren dünnen Hals, und wir küssen uns. Dann hebt Mama ihre Arme, damit ich sie fassen kann. Ich hebe sie aus dem Rollstuhl und setze sie auf den Beifahrersitz. Den Rollstuhl verstaue ich auf der Ladefläche des Transporters und bin erstaunt, wie schwer er ist. Mutter ist viel leichter.

– Dann wollen wir losfahren, nicht wahr, sagt Mama und lässt ihre Beinstummel über die Sitzkante baumeln. Sie ist aufgeregt wie ein Schulmädchen. Ich rieche ihr Parfum. Es ist süß.

– Was schaust du mich so an, sagt sie, du weißt, ich bin nervös. Schließlich haben wir uns seit weiß Gott wie langer Zeit nicht gesehen. Ich bin dort nicht erwünscht.

– Claire möchte dich häufiger sehen, sage ich, während ich den Motor starte. Du bist diejenige, die immer eine Ausrede findet.

Es ist noch früh. Wenn Mutter einen zu sich bestellt, so hat man früh zu erscheinen. Noch kein Verkehr auf der Autobahn. In der Schlucht, die wir auf dem Viadukt überqueren, hängt der Morgennebel, und aus den Schornsteinen steigt der Rauch in dünnen Fäden in den Himmel.

– Wenn sie bloß diesen Nichtsnutz verlassen würde, sagt sie.

– Versteh es endlich, Mama. Sie will ihn nicht verlassen. Sie lieben sich. Weißt du, was das ist, Liebe?

Mutter schaut durch ihre dicken Brillengläser hindurch einem roten Sportwagen hinterher.

– Und überhaupt, sage ich und weiß, dass es nichts ändern wird, was sollte dann mit Pepe geschehen?

– Ich habe euch auch alleine durchgebracht, faucht sie. Man braucht dazu keinen Mann.

Einen Mann vielleicht, aber sicher keinen Nichtsnutz. Ich habe es früh genug eingesehen. Seinen Kram habe ich ihm auf die Straße gestellt. Weg war er. Hat sich nicht wieder blicken lassen, verstehst du, nicht ein einziges Mal. Keinen Franken habe ich gesehen. Ich habe es alleine geschafft. Und hat es dir oder Claire in irgendeiner Weise geschadet?

– Darum geht es nicht, sage ich. Sie braucht nicht alles so zu machen, wie du es getan hast. Sie hat ihr eigenes Leben.

– Ach was. Sie ist bloß zu stolz, um zuzugeben, dass ich recht hatte. Von Anfang an habe ich es gewusst. Mit dem, habe ich zu ihr gesagt, mit dem wirst du deine Probleme haben.

Sie ist zu stolz. Ich bin auch stolz, das hat sie von mir. Ich war zu stolz, um einen Nichtsnutz auszuhalten. Das ist der Unterschied. Dann lässt sie sich schwängern, und jetzt hat sie Probleme.

– Sie hat aber keine Probleme, sage ich.

– Und die ewigen Wohnungswechsel, erwidert Mama, ist das etwa kein Problem? Die rennen doch vor irgendetwas weg. Und dem kleinen Pepe tut es auch nicht gut. Wie soll er denn Freunde finden?

Heute lebt meine Schwester in Spreitenbach, aber früher sind sie und Roman einige Jahre durch die Schweiz gezogen, haben mal hier, mal dort gewohnt. Ein halbes Jahr in Etziken bei Solothurn, einige Monate im Kanton Nidwalden, und für zwei Wochen in Bargen, am äußersten Zipfel des Kantons Schaffhausen. Ich habe ihnen bei den meisten Umzügen geholfen. Bargen gefiel mir, nicht wegen Bargen selbst, sondern der hübschen Straße wegen, die durch das Dorf hinunter zum Zoll führt und in Blumberg/Deutschland endet. Zwei Wochen freuten sich die beiden über das billige Fleisch, dann ging auf der Baustelle, auf der Roman Fliesen verlegte, die Arbeit aus. So packten sie das Geschirr wieder in die Kisten, die Kleider in den Mottenschrank und riefen mich an.

– Hör zu, sagte Claire am Telefon, wir müssen wieder weg hier. Roman hat Arbeit im Prättigau gefunden. Sei so lieb und komm mit dem Transporter nächsten Sonntag. Eine Fahrt wird reichen. Du und Roman, ihr fahrt mit dem Wagen, ich und Pepe nehmen den Zug.

– Wie heißt der Ort, fragte ich.

– Küblis, sagte sie.

– Und wie lange fährt man von Bargen nach … Küblis?

– Roman sagt zweieinhalb Stunden. Du weißt ja, wie er fährt. In zwei Stunden solltet ihr es schaffen.

Claire und Roman besitzen nicht viel, aber es scheint, dass sie alles Notwendige haben. Und meiner Schwester gelingt es immer wieder, in die traurigsten Wohnungen ihre Auffassung von Gemütlichkeit zu bringen.

Das Kind war in der Kübliser Zeit drei Jahre alt. Ich sah Claire in jener Zeit selten. Nach Küblis brauchte ich über drei Stunden, und außerdem mochte ich die Gegend nicht. Einmal besuchte ich sie, es war an einem Sonntag. Nach dem Mittagessen – es war köstlich, meine Schwester ist eine wunderbare Köchin –fuhren wir nach Klosters. Es war September oder Oktober. Die Bäume standen gelb. Klosters war ausgestorben, und die wenigen Menschen, die auf den Straßen gingen, warfen lange Schatten. Wir tranken in einem altrosa Tearoom Kaffee. Es gab süße Eclairs, die mit den kleinen Dessertgabeln schwierig zu essen waren. Eine elektrische Pendule schlug die Viertelstunden mit den Glocken von Big Ben. Die Lampen waren aus Kristallglas und hingen niedrig über den Tischen. Der kleine Pepe weinte die ganze Zeit. Er war einfach nicht zu beruhigen. Deshalb bin ich nie wieder nach Küblis gefahren. Küblis trifft keine Schuld, auch den kleinen Pepe nicht. Ich an seiner Stelle hätte auch geweint.

Mutter will Tee trinken, und so fahre ich bei der nächsten Raststätte raus. Wie ich den Wagen zur Zapfsäule steuere, kramt sie in ihrer blauen Handtasche nach dem Portemonnaie und drückt mir eine Zwanzigernote in die Hand. Der Diesel gluckert tief unten im Tank, aber ich höre es nicht. Zu laut ist der Lärm der Autobahn. Was ich höre, ist ein süßer Schlager, der aus dem Lautsprecher über dem Kiosk quäkt »... sie wohnt auf dem Hausboot, unten am River, jedermann nennt sie Pretty Belinda ...«

Dann sitzen wir auf blutroten Barhockern an einem u-förmigen Tresen aus Chromstahl. Ich wollte an einem der Tische Platz nehmen, aber Mutter bestand darauf, dass wir uns an die Theke setzten. Ich fürchte um ihr Gleichgewicht, denn sie hat keine Füße, die sie auf den Fußlauf stellen könnte. Mama trinkt ihren Tee mit vier Würfeln Süßstoff. Sie hält die Tasse mit beiden Händen. Ihre Hände sind blau. Die Bedienung mag mich, aber ich habe nur Augen für die Schwarzwäldertorte, die in der Kühlvitrine mit dem Apfelkuchen Walzer tanzt. Gerne würde ich abklatschen. Doch meine Mutter sitzt neben mir. In ihrer Gegenwart esse ich nie Süßes. Ich fürchte, es könnte sie kränken. Sie hat in ihrem Leben nie den Mund in die süßen Lagen aus Schlagsahne vergraben. Sie weiß nicht, wie Mohrenköpfe schmecken. Vielleicht ist das der Grund. Ich bin verrückt nach Süßem.

Ein Chauffeur am anderen Ende des Tresens zeigt mit dem Finger auf die Leuchtreklame. Es ist neun Uhr früh, und er will eine Bratwurst. Die Bedienung schüttelt den Kopf, nur Frühstück, Breakfast only. Er flucht in einer Sprache, die keiner versteht.

Mutter gibt mir ein Zeichen. Ich schiebe den Rollstuhl an den Barhocker. Sie lässt sich sanft hineingleiten. Dann fährt sie zur Toilette.

– Schrecklich, sagt die Bedienung, während sie kassiert, wie schafft sie das bloß?

– Ja, nicht wahr, das frage ich mich auch immer. Aber sie ist tapfer.

– Ich würde lieber sterben, als mir die Füße amputieren zu lassen, sagt sie und verzieht die Lippen wie Gummibänder.

– Wenigstens braucht sie nicht hier zu arbeiten, gebe ich zur Antwort. Sie wirft mir einen Blick zu, der böse sein soll, aber ich finde ihn niedlich, und zum ersten Mal gefällt sie mir.

Bevor wir losfahren, kauft Mutter im Blumengeschäft einen Kranz aus Trockenblumen. Der Verkehr hat zugenommen. Mama lässt den Kopf zur Seite fallen. Bald atmet sie tief. Ich drehe das Radio an und hoffe, dass sie nicht aufwacht.

Nach Küblis kam Merligen. Es war eine schöne Zeit. Ich

liebte die Wohnung mit dem direkten Blick auf den Niesen, hoch über dem Thunersee. Achtzehn Monate wohnte ich gleich nebenan und konnte, wann immer ich Lust hatte, in den Wagen steigen, und eine halbe Stunde später saß ich in der sonnigen Laube.

Dann war ich es, der wegzog. Aber vorher hatte ich Roman besser kennengelernt. Zu den Fahrten in meinem Transporter – hinten im Auto die Bilder, das Bett und das Geschirr, all die beinahe schon vertrauten Dinge –, zu den vibrierenden und stummen Stunden auf der Autobahn, unterwegs von einem Namen auf der Straßenkarte zu einem anderen Namen auf der Straßenkarte, war in Merligen der Alltag hinzugekommen. Oder das, was man für den Alltag hält. Ich sah Roman von der Arbeit nach Hause kommen. Ich sah, wie ihm die nassen Haare am Kopf klebten, und ich sah, wie schlecht ihm der Bademantel stand, den Claire ihm zum Geburtstag geschenkt hatte. Ich kam abends mit Taschen voller Lebensmittel in Merligen an. Ich kochte für uns vier. Ich deckte den Tisch. Ich wunderte mich über die Schlaftabletten in der Schublade. Ich sah sie kauen. Roman kaute gehetzt. Claire kaute unbarmherzig. Pepe kaute überhaupt nicht. Ich spielte mit ihnen ein idiotisches Brettspiel, das Pepe immer wieder spielen wollte. Ich half das Wohnzimmer tünchen. Ich trug die leeren Whiskeyflaschen zum Container. Ich war dabei, als sich Claire und Roman darüber stritten, wer am Vorabend in Pepes Zimmer das Fenster nicht richtig geschlossen habe und verantwortlich für seinen Schnupfen sei.

Im Schlaf macht Mama mit der Hand eine abwehrende Bewegung. Im Radio ist nur noch ein Rauschen zu hören. Dicke Stromleitungen hängen über der Autobahn und stören den Empfang.

Ich schalte das Gerät wieder aus. Was von der Atmosphäre übrig geblieben ist, hängt am grünen Wunderbaum und im Fichtenduft, den er verströmt. Auf den Betonbrücken stehen Kinder und spucken auf die Autos. Ich bete, dass sie keine Steine werfen.

Ich erinnere mich, wie ich eines Tages im Sommer meine Badesachen einpackte und nach Merligen fuhr. Claire und ich wollten an den Thunersee. Als ich bei ihnen ankam, fand ich die Haustür nur angelehnt. Ich glaubte in der Küche ein Geräusch zu hören und rief ihren Namen, aber es war Pepe, der auf dem Küchenboden mit einem Puzzle beschäftigt war. Es war kühl und schattig und angenehm in der Küche. Pepe hatte mich nicht bemerkt. Er schien vertieft, und ich fürchtete, er könnte erschrecken, wenn ich seinen Namen rief. Ich weiß nicht, wie lange ich in der Tür stand, regungslos, kaum zu atmen wagte und zuschaute, wie er mit seinen kleinen Händen ein Puzzleteil in das Bild drückte. Irgendwann würde er das Panorama der Berner Alpen vor sich haben. Pepe war schmutzig. Auf dem T-Shirt klebten Speisereste, und an seiner Nase klebte Rotz. Die Socken waren viel zu groß für seine kleinen Füße. Sie waren ihm bis unter die Fersen gerutscht. Ich sah die Kratzer auf seinen hellen Waden. Ich machte mit dem Arm eine Bewegung, und Pepe schaute auf, ganz ruhig, als würde er erwachen. Er erschrak nicht.

– Wo ist denn deine Mama, fragte ich.

– Draußen, gab er zur Antwort und wandte sich sofort wieder dem Puzzle zu.

Das Licht blendete mich, als ich nach draußen trat. Von weit her hörte ich das Geräusch eines Hubschraubers. Unten an der Ländte legte ein Schiff ab. Es war ein weißer Fleck auf dem tiefen Blau des Sees. Ich hörte fröhliche Menschen rufen.

Brombeersträucher überwucherten einen großen Teil des Gartens, im anderen Teil lagen Haufen vermoderten Laubes vom letzten Herbst. Niemand hatte sich die Mühe gemacht, sie wegzuräumen. Im Sandkasten war eine Katze dabei, ihre Scheiße zu vergraben. Ich warf einen Kiesel nach ihr und verfehlte sie um mindestens einen halben Meter. Ich bückte mich nach einem weiteren Kiesel, aber es lag keiner mehr da, nur ein golfballgroßer Stein. Ich hob ihn auf, maß die Entfernung und zielte knapp vor die Katze.

Ich traf sie genau am Kopf. Ohne einen Laut von sich zu geben, sank sie in sich zusammen wie ein Stück Tuch.

Ich fand Claire hinter dem Geräteschuppen. Sie saß auf einem Stapel Bretter in der Sonne. Neben ihr lag eine Packung Zigaretten, und daneben stand ein Glas, zur Hälfte gefüllt mit einer braunen Flüssigkeit. Sie hob ihren Blick und schaute mich mit wässrigen Augen an. Es war, als hätte ich sie ertappt.

– Du bist zu früh, sagte sie und fuhr sich dabei mit der Hand durch die Haare.

– Wir sollten das gute Wetter nutzen, sagte ich. Wer weiß, wie lange es sich noch hält.

– Lass mir etwas Zeit, ja, sagte sie gereizt, und ihre Stimme war dünn. Lass mich einfach diese Zigarette rauchen, dann ziehe ich mich an, und wir können losfahren.

– Du solltest dir etwas ansehen, sagte ich und dachte im gleichen Augenblick, dass es besser gewesen wäre, die Katze in die Brombeersträucher zu werfen und die Angelegenheit für mich zu behalten.

– Was ist es? Sag mir, was es ist.

– Schau es dir einfach an.

Sie drückte die Zigarette aus und leerte das Glas in einem Zug. Als wir beim Sandkasten standen und ich auf die Katze deutete, verzog Claire das Gesicht zu einer Grimasse, als hätte sie soeben den Trapezkünstler in die Manege stürzen sehen. Sie beugte sich über die Katze und verharrte einen Moment. Dann nahm sie den Stein in die Hand.

– Ich wollte sie aus dem Sandkasten wegscheuchen, sagte ich.

– Du verdammter Idiot, zischte Claire, was nimmst du für Steine, um eine Katze zu vertreiben? Mein Gott, es ist ein kleines Kätzchen.

Es stank widerwärtig nach Katzenkot, und der Ekel, der mich befiel, verhinderte, dass ich Reue empfand.

– Ich weiß nicht, sagte ich, es war kein anderer da. Ich zielte knapp. Es war keine Absicht.

– Mein Gott, es ist ein kleines Kätzchen, siehst du das nicht?

Claire packte die Katze am Schwanz und hielt sie mir vor das Gesicht.

– Man wirft nicht mit Felsen nach kleinen Katzen. Man nimmt höchstens Kieselsteine. Weshalb hast du keinen Kieselstein genommen?

Ihre Stimme stockte, und sie hatte Tränen in den Augen. Dann drehte sie sich um, eilte zurück zum Geräteschuppen und tauchte kurz darauf mit einer Schaufel in der Hand wieder auf. Claire ging zum anderen Ende des Gartens und begann zwischen zwei Zaunpfählen hastig ein Loch zu graben.

– Lass mich das machen, sagte ich und wollte ihr die Schaufel aus der Hand nehmen. Sie ließ es nicht zu und grub weiter.

– Gib mir die Schaufel, komm schon, gib sie mir.

– Schrei es durch die ganze verdammte Gegend. Geh

doch klingeln und sag es ihnen ins Gesicht, guten Tag, wie geht es, meine Schwester vergräbt gerade Ihre Katze.

Sie keuchte.

– Die Leute hier mögen Katzen, verstehst du? Sie können es nicht leiden, wenn man ihnen die Katze erschlägt. Wir möchten noch eine Weile hier bleiben. Wir wollen keinen Ärger mit den Nachbarn. Sie mögen uns. Sie kommen manchmal zum Tee. Sie schauen zu Pepe, wenn ich zum Arzt muss. Denkst du, sie würden es auch weiterhin tun, wenn sie wüssten, dass ich eine ihrer Katzen vergraben habe?

Das Loch war tief genug. Claire legte die Schaufel beiseite und warf die Katze hinein. Sie wollte es gerade wieder zuschütten, da erschien Pepe beim Gartentor.

– Was macht ihr da, rief er.

– Geh du sofort wieder hinein und warte dort, herrschte Claire ihn an.

– Ich will auch ein Loch graben.

Claire eilte zum Gartentor, und ich sah, wie sie Pepe am Ohr packte und seinen kleinen Kopf schüttelte. Dann ließ sie ihn los, und er rannte schreiend in die Wohnung. Ich hatte die Schaufel genommen. Kleine Erdkrümel prasselten auf das Katzenfell. Claire fluchte etwas Unverständliches und verschwand dann ebenfalls in der Wohnung.

Vor mir sieht sich ein Holländer bei Tempo fünfzig die Gegend an. Ich muss scharf bremsen. Mutter wird nach vorne in die Gurte geworfen und erwacht.

– Fahr nicht so ruppig, sagt sie blinzelnd und wirft mir einen bösen Blick zu.

Dann kommen die großen grünen Schilder, die anzeigen, dass man, würde man hier abzweigen, dort und dorthin gelangen würde.

Mutter zündet sich eine Zigarette an.

– Du solltest nicht rauchen, sage ich. Denk an deine Beine.

– Das sind keine Beine, sagt sie. Auf Beinen kann man gehen.

Dann kurbelt sie das Fenster einen Spalt breit hinunter und wirft die Zigarette hinaus. Einen Augenblick später züngelt die Feuerschlange hinter uns.

Wir gingen an jenem Nachmittag trotzdem baden. Unten am See breiteten wir die Badetücher aus, gleich neben der Straße. Die Wagen donnerten vorüber. Es störte mich nicht. Claire rieb Pepe und mich mit Sonnenöl ein. In ihren Händen lag keine Zärtlichkeit, nur Widerwille. Sie gab Pepe einen Klaps auf den Hintern. Sie legte sich auf den Bauch und hob ihre Haare. Ich fühlte ihre harten Schulterblätter, den Nacken, der verspannt schien und den ich länger rieb. Ich massierte noch, als das Sonnenöl längst eingezogen war. Die großen Leberflecke, drei an der Zahl, genau untereinander und genau auf der Wirbelsäule. Claire hatte sie noch nie gesehen. Ich stellte die Flasche zur Seite. Claire blieb regungslos liegen. Sie schlief den ganzen Nachmittag. Einmal versuchte ich sie zu wecken, damit sie sich auf die andere Seite hätte legen können. Aber sie war nicht wach zu kriegen. Ich drehte sie sanft auf mein Badetuch und setzte mich dann auf das ihre. Die Wellen glitzerten. Der Niesen hatte einen Wolkenhut.

Ich planschte mit Pepe im seichten Wasser. Ich musste ihn immer und immer wieder auf meine Schultern steigen lassen und durch die Luft werfen. Er kreischte vor Freude. Ich sah sein Herz vor Aufregung schlagen. Ich wollte aufhören, damit er sich beruhigen konnte.

Er begann zu weinen. Er klammerte sich an meinen Hals und schluchzte.

– Mehr, mehr, lieber Onkel, nur noch ein Mal.

Ich schlug vor, eine Sandburg zu bauen. Dabei beruhigte er sich. Der Sand hielt kaum. Wir kriegten bloß flache Bauten hin. Die Türme stürzten immer wieder ein. Ich bekam einen Fußball an den Kopf. Ein kräftiger Bursche kam zu uns, um sich zu entschuldigen. Die Besorgnis in seinem Gesicht stand ihm schlecht. Er trug ein weißes T-Shirt, darauf stand in oranger Schrift »Santa Monica Beach Volleyball Club«.

Um fünf Uhr fuhren wir zurück. Claire war immer noch mürrisch. Zu Hause holte sie ein Steak aus dem Tiefkühler und öffnete eine Konservendose. Pepe setzte sich vor den Fernseher.

Bald kam Roman nach Hause. Sie küssten sich – Mama neben mir wird immer unruhiger –, und ich sehe es noch jetzt, wie sie sich küssten. Es war nichts Dramatisches dabei. Sie küssten sich, wie zwei, die sich lieben, küssen. Das ist es, was Mutter nicht versteht. Sie haben keine Probleme. Sie lieben sich.

Vor mir jetzt ein großer weißer Wagen. Er gleitet ganz ruhig. Auf der Ablage hinter dem Rücksitz wackelt ein Stoffhund mit dem Kopf. Wie er mich mit seinen Knopfaugen anschaut, sieht er beinahe lebendig aus. Aber er ist nicht lebendig. Er tut nur so.

Dann nehmen Mutter und ich die nächste Ausfahrt. Wir fahren durch unser Orange County, durch South Westgate hinunter bis nach Irvine. Alles genau so. Nur die Niggers und Chicanos fehlen. Sonst ist alles gleich, alles gleich. Dann kommt Spreitenbach.

Haschisch

Sie rauchten eine Menge davon, manche mehr als vierzig Gramm im Monat, die meisten so um die dreißig, keiner weniger als fünfundzwanzig. Sie fuhren am ersten Freitag im Monat nach Feierabend mit dem Mofa zum Hotel Alpin, oder sie nahmen den Bus bis zum Stadion und gingen die restlichen sechshundert Meter zu Fuß. Sie warteten vier, fünf Minuten auf dem gekiesten Parkfeld bei den Bootshäusern, ehe Daniel kam. Daniel kam immer später, aber er kam immer. Er reichte ihnen seine Hand wie zum Gruß; sie führten das Haschisch wie in einer zufälligen Bewegung an die Nase. Sie rochen. Sie nickten. Sie reichten Daniel die Geldscheine, die sie zu einer engen Rolle gedreht hatten. Daniel öffnete die Jacke und zog eine schwarze Plastiktüte unter dem Arm hervor. Sie nahmen die Plastiktüte und machten sich davon, den Kanal entlang, an den Hunden vorbei, die nach Stockenten jagten, zurück zum Stadion. Dort warteten sie mit dem Päckchen in der Achselhöhle auf den Bus.

Das Päckchen wog hundert Gramm, manchmal auch nur achtundneunzig, was sie still verschmerzten, solange das Gewicht nicht unter sechsundneunzig fiel. Hundert Gramm kosteten zwischen sechshundertfünfzig und neunhundertfünfzig Franken. Sechshundertfünfzig kostete das fade, nach Sand schmeckende Haschisch aus Marokko, das selbst zu rauchen sie zu vermeiden suchten. Für siebenhundertfünfzig erhielten sie hundert Gramm dunkelgrünes Haschisch aus Tunesien, das sie Seife nannten, der Form wegen, in die das harte, aromatische, aber nur mäßig starke Haschisch gepresst wurde. Für hundert Gramm lockeren, leichten Libanesi, der den Charakter von englischem Vieruhr-Tee hatte, musste das Röllchen achthundertfünfzig Franken dick sein. Neunhundertfünfzig war der höchste Betrag, den sie auf dem Parkplatz bezahlten, denn was teurer war als das etwas ordinäre schwarze Haschisch aus Afghanistan, kauften sie anderswo. Anderswo kauften sie die Spezialitäten. Schwarzes, sehr starkes Harz aus Nepal etwa, mit der Konsistenz von harter Butter; ebenfalls schwarzes, jedoch beinahe flüssiges aus Südindien, von dem sich einer einmal acht Gramm unverpackt in die Hosentasche gesteckt hatte; ganz flüssiges, sogenanntes Öl aus Kaschmir; und das goldene Haschisch der Berber aus dem Atlasgebirge. Diese Sorten waren selten, begehrt und teuer. Für eine Achtgrammpatrone Öl aus Kaschmir zahlten sie ohne zu murren hundertfünfzig Franken, und sie waren bereit, für jedes einzelne Gramm Goldenen Berber mit Manufakturstempel zwanzig Franken zu zahlen.

Sie steckten in einer Lehre als Spengler oder Maler und verdienten im Monat durchschnittlich hundert Gramm einfachen Maroc. Gewöhnlich begnügten sie sich mit tunesischer Seife. Sie teilten sich monatlich hundert Gramm zu dritt, was jeden von ihnen zweihundertfünfzig Franken kostete, mehr als ein Drittel ihres Einkommens.

Oder sie hatten Glück und besuchten noch eine Schule für technische und kaufmännische Weiterbildung, die zwar lausig

und von keiner Stelle anerkannt war, und deren Abgangs-
zeugnis, sofern sie es denn erhielten, ihnen später nichts nüt-
zen würde, die ihnen aber genügend Zeit für den Kleinhandel
mit fadem Maroc ließ.

Irgendwann kam der Bus und sie fuhren nach Hause. Sie
hatten Panik, auf dem ganzen Weg nach Hause standen sie
schreckliche Ängste aus. Zu Hause riefen sie jemanden an,
oder sie wurden von jemandem angerufen. Sie setzten sich
auf das Sofa. Sie packten ihr Werkzeug aus. Sie besaßen
schwere Klappmesser mit Klingen aus gehärtetem Stahl, so-
genannte Hirschfänger. Sie besaßen gute und teure Federwaagen, Schweizer Qualitätserzeugnisse, auf die sie stolz
waren und pflegten und ölten und polierten.

Sie zerschnitten die Hundertgramm-Platten für den Wei-
terverkauf in elf gleich große Teile. Wenn es schlechtes und
altes und deshalb hartes Haschisch war, mussten sie dazu die
Klingen mit einem Feuerzeug erhitzen. Sie wogen die Teile
und waren glücklich und lobten sich selbst, wenn diese genau
neun Gramm schwer waren.

Die Türglocke ging; sie hielten inne, schlossen die Wohn-
zimmertür hinter sich, spähten durch den Spion und wenn
jener, den sie angerufen hatten oder der sie angerufen hatte,
vor der Tür stand, schlossen sie auf und ließen ihn eintreten.
Sie begrüßten sich, als hätten sie sich viele Monate nicht gesehen, überschwänglich, sentimental.

Sie setzten sich auf das Sofa.

Sie schoben dem Gast einen Brocken Haschisch zu, vom
Guten, wenn davon noch übrig war, worauf jener zielstrebig
einen Joint drehte. Sie packten die elf neun Gramm schweren Stücke in eine Apothekertüte, räumten das Werkzeug

weg, und den restlichen Abend verbrachten sie mit kiffen, duschen, Musik hören und onanieren.

In der nächsten Woche fuhren sie mit dem Einuhr-Zug in die Hauptstadt. Dort stellten sie sich im Park in die Reihe der Haschischverkäufer und plagten sich mit Gymnasiasten herum. Das war unangenehme Kundschaft, aufsässig und finanzschwach. Trotzdem hatten sie um vier Uhr die elf Teile meistens verkauft. Bis um fünf besuchten sie einen Laden, der Schallplatten aus der heroischen Zeit der Rockmusik verkaufte, oder sie besuchten einen anderen Laden, der Haschischutensilien und Waffen führte, im Schaufenster gläserne Pfeifen neben tönernen neben Wurfsternen neben Klappmessern stehen hatte. Sie interessierten sich für solche Dinge.

Abends fuhren sie mit einer Plastiktüte, gut gelaunt und um dreihundertfünfzig Franken reicher nach Hause.

Manche arbeiteten den halben Tag als Gerüstbauer. Diese Arbeit bezeichneten sie zu Recht als hart. Aber um halb ein Uhr mittags waren sie zu Hause. Sie liebten und verehrten ihr Zuhause. Sie zogen die Arbeitshose aus und schlüpften in eine Jogginghose. Sie bereiteten Plätzchen auf einen Teller. Sie legten sich aufs Sofa. Sie entnahmen einem kleinen Döschen aus Porzellan oder Ebenholz einen Brocken Haschisch. Sie erhitzten das Haschisch, betrachteten dabei die halbnackte Afroamerikanerin auf dem Poster gegenüber an der Wand, die einen riesenhaften Joint in einer kultischen Haltung rauchte, und hielten inne.

Sie legten das Haschisch zurück in das Ebenholz- oder Porzellandöschen und wählten eine Sorte, die ihnen dem Wetter, dem Wochentag, dem Gefühl in den Gelenken oder wem oder was auch immer, angemessener erschien, das heißt, deren zu erwartende Wirkung auf ihren Gemütszustand sie als angenehmer erachteten.

Ich drehe nun, so sprachen sie zu sich, den ersten Joint. Es war natürlich niemals ihr erster, nicht um zwölf Uhr mittags. Ihren ersten hatten sie spätestens um halb zehn Uhr geraucht, gleich nach dem Neunuhr-Kaffee, aber den ließen sie nicht gelten, weil sie ihn ohne Sorgfalt gedreht und ohne Liebe geraucht hatten. Das Haschisch in ihrem ersten Joint war gewöhnliches Haschisch gewesen, kein Antigravitationshaschisch. Den ersten wirklichen Joint rauchten sie also um Viertel vor ein Uhr mittags. Sie ließen sich Zeit. Sie erhitzten das Haschisch und bröckelten es in ein feines chinesisches Porzellantässchen. Sie nahmen süßen orientalischen Tabak und gewöhnliches Zigarettenpapier, drehten aus einer Fahrkarte ein Mundstück, rollten den Joint, rauchten aufmerksam und mit Liebe. Sie waren voller Liebe. Rauchten dieses fantastische Antigravitationshaschisch. Aßen ein Plätzchen. Rauchten. Liebten. Hatten alle Zeit.

Samstag arbeiteten sie nicht. Da rauchten sie manchmal nachmittags neben dem Brunnen auf dem Rathausplatz. Den Joint hatten sie in der Marktgasse und im Gehen gedreht, im Getümmel der einkaufenden Menschen. Sie rauchten im Stehen, stützten sich, wenn das Haschisch stark und gut war und es ihnen kurzzeitig schwindelig wurde, auf das Brunnenbecken. Den Joint versteckten sie in der hohlen Hand. Sie lachten diebisch.

Sie verabredeten sich für Samstagabend. Jeder brachte sein bestes Haschisch und seine beste Pfeife mit, und dann rauchten sie um die Wette. Sie verstanden sich als Athleten. Sie versuchten, den Inhalt eines Glaszylinders mit der Grundfläche von vierzig Quadratzentimetern und einer Höhe von fünfundsiebzig Zentimetern in ihre Lunge zu ziehen. Sie waren überzeugt von der prinzipiellen Möglichkeit. Sie glaubten daran, dass sich ein Drittel ihres maximalen Lungenvolumens mit Hanfrauch füllen ließe. Sie waren beseelt vom Gedanken, dass der Sättigung ihres Blutes mit Tetrahydrocannabinol keine Grenzen gesetzt sei. Sie hörten das Wasser in den gläsernen Pfeifen blubbern, sahen, wie der Rauch im Korpus dichter und dichter wurde, bis er weiß war wie Milch, zogen weiter, die anderen lachten, sie schlossen die Augen.

Sie lösten das Vakuum.

Sommers gruben sie im Park feine Löcher in die Erde, und die Löcher endeten einerseits in einem Pott, wo der Tabak mit dem Haschisch glomm, andererseits in einer Flasche, der sie den Boden ausgeschlagen hatten und durch die sie den erdgekühlten Rauch in ihre Lungen zogen. Sie mussten dazu auf den Boden knien, doch im Widerspruch zu dieser Haltung waren sie in aller Regel keine Indianer. Sie verehrten weder die Heilige Erde noch die Mutter Erde noch das Lebewesen Erde. Sie glaubten nicht an solche Dinge. Sie rauchten das Haschisch auf diese Weise, weil es ihnen auf diese Weise schmeckte, auch wenn das vielleicht bloß Einbildung war, und wenn sie sich durch zivilisationskritische Parolen berühren ließen, dann nur deswegen, weil sie sich davon in ihrer relativen Armut, angesichts der Aussichtslosigkeit ihrer ökonomischen Lage, Trost versprachen.

Sie hatten kein Geld, aber sie wussten viel vom Krieg. Sie waren in den Krisenregionen ihrer Zeit zu Hause. Sie finanzierten Walid Dschumblat und seine Drusen im Schufgebirge. Sie investierten in den Heiligen Krieg der Mudschahedin in Afghanistan, und zwar aus Überzeugung. Sie kannten den Kampf der Westsahara. Sie wussten, was die Welt benötigte. Eine AK-47 mit tausend Schuss Munition war für sechshundert Franken zu kriegen. Eine Panzergranate für weniger als fünfzig. Sie rüsteten alle zwei Monate einen neuen Freiheitskämpfer aus, und manchmal, wenn sie an einem warmen Frühlingstag an der schattigen Böschung lagen, to dope at the slope, wie sie es nannten, dann sahen sie Fellmützen neben Turbanen und Kopftüchern zusammen vor sich und in langen Reihen Parade marschieren.

Sie sprachen selten über den Rausch. Wenn sie ihn hatten, war er zu groß, als dass sie Lust gehabt hätten, über ihn zu sprechen. Hatten sie ihn nicht, sprachen sie nicht über seine Beschaffenheit, sondern trachteten danach, in ihn tauchen zu können. Sie beschäftigten sich nicht mit dem Wohlwollen, das ein anderer als *das Eine in der Mannigfaltigkeit des Rausches* erkannt hat. Sie wussten viel über die Bedrohung des Berauschten durch die Nüchternen, doch sprachen sie nicht davon. Sie kannten die Furcht, in einem Rausch enttarnt zu werden. Sie teilten alle den Widerwillen gegenüber ernsthaften Menschen, den das Haschisch in ihnen auslöste. Jeder von ihnen hatte seinen Haschischhund, der irgendwo vor ihrem einsamen Hotelzimmer traurig anschlug. Sie sprachen nicht darüber. Was sie über Haschisch redeten, beschränkte sich auf: Dieses Haschisch ist stärker als das andere. Der und der verkauft acht Gramm Goldenen Berber für hundertzwanzig. Letzthin haben mich die Bullen gefilzt. Ich war breit wie eine Stoffbahn. Hatte nichts dabei. Hatte alles geraucht, hatte also nichts dabei. War ich breit. Ich war breit wie eine Stoffbahn. Na, diese Bullen.

So sprachen sie. In dieser Beziehung waren sie ungebildet.

Das Haschisch machte sie scheu. Sie mieden große Menschenansammlungen. Freitagabend verdrückten sie sich spätestens um elf Uhr, wenn es voll wurde, aus der Disco und verkrochen sich an die Geleise. Sie setzten sich auf die Laderampe vom Kühlhaus und drehten einen Joint. Sie lehnten sich an die Paletten und ließen ihre getrübten Blicke über die Schienen wandern.

Ich sehe die Güterwagen, sagte Martin, und ich stelle mir das Land vor, in das sie fahren.

Wie sieht es aus?, fragte Daniel. Er ließ die Beine über die Rampe baumeln.

Es sieht aus wie Italien, antwortete Martin und spuckte auf die Schienen.

Es gab in ihren Leben, außer ihren Müttern, keine Frauen. Das Haschisch war eine eifersüchtige Leidenschaft. Wenn sie eine Frau kennenlernten, gingen sie kein zweites Mal hin. Wenn sie ein zweites Mal hingingen, dann gingen sie kein drittes Mal hin. Wenn sie ein drittes Mal in die Wohnung der Frau gingen, dann küssten sie nicht. Wenn sie küssten, dann fassten sie die Frau nicht an. Wenn sie die Frau anfassten, dann zogen sie sich nicht aus. Wenn sie sich auszogen, dann schliefen sie nicht mit ihr. Wenn sie mit ihr schliefen, sprachen sie darüber mit niemandem.

Es gab auch Frauen, die rauchten, aber etwas im Verhältnis zwischen ihnen und dem Haschisch schien nicht zu stimmen. Es gab keine Frau, die den Unterschied zwischen Kerala-Gras und solchem aus der Gegend von Amritsar kannte. Die Frauen, die rauchten, begnügten sich mit dem billigsten Haschisch, und sie scheuten sich nicht, es hinter dem Bahnhof bei den Junkies zu kaufen. Es störte sie nicht, wenn es mit Rohypnol oder Gummireifen versetzt war. Es schien ihnen egal zu sein, wenn sie nicht mehr zurück an den Tisch fanden, von dem sie nur kurz aufgestanden waren, um vor der Kneipe einen Joint zu rauchen. Sie stießen sich nicht an der Paranoia. Die Frauen genossen das Haschisch nie, rauchten es jedoch nicht weniger intensiv, im Gegenteil, es hieß von manchen, sie würden an die fünfzig Gramm im Monat rauchen, und trotzdem glaubte man ihnen nicht, dass sie das Haschisch genossen, genauso wenig, wie sie den Alkohol, die Barbiturate und das Heroin genossen. Sie rauchten, tranken, schluckten und injizierten, aber unverständlicherweise genossen sie es nicht.

Sie hatten alle Angst, denn sie wurden alle verfolgt, der eine von seinem Arbeitgeber, der andere von seiner Mutter, der dritte vom Nachbarn.

Da kommt mein Nachbar, sagte er.

Das ist nicht dein Nachbar, entgegnete der andere, das ist der Rote Libanese.

Ich muss hier weg, sagte der erste gleichwohl und floh.

Sie riskierten Strafgelder. Bis sie achtzehn waren, riskierten sie ein Verfahren der Jugendanwaltschaft. Sie riskierten die Jugendheime von Wilderswil, Boll und Tessenberg. Sie wurden von der Polizei verfolgt und hatten allen Grund zu rennen. Sie waren Läufer, doch wurden sie Taucher genannt, denn sie tauchten unverhofft an der Haustür jener mit den hundert Gramm Maroc im Monat und den teuren Federwaagen auf. Sie baten um Unterschlupf. Sie müssten untertauchen. Sie wurden abgewimmelt oder vertrieben. Die Taucher hatten kein Gefühl für ihre Umgebung. In den Januarnächten, wenn vom See das Krachen des Eises laut wie Donner tönte, und es so kalt wurde, dass die Tauben tot von den Dächern fielen, trugen sie dünne Jeansjacken, deren Ärmel sie bis über die Ellenbogen krempelten. Im Sommer, wenn die Hunde in der Hitze starben, trugen sie Lederjacken mit Pelzkragen, die ihnen geschäftstüchtige Polen verkauft hatten. Deshalb fielen sie auf. Deshalb wurden sie immer wieder geschnappt. Sie rissen aus und hielten im Bodenwald hinter Wilderswil einen Wagen an. Sie bevorzugten holländische Touristen. Sie gaben vor, Bauernknechte auf dem Weg zum Jahrmarkt zu sein. Sie logen, sie hätten vom Meister das erste Mal seit acht Monaten einen freien Tag erhalten und wollten nun die gesparten fünf Franken durchbringen. Sie logen, sie würden hier jeden Winkel kennen. Sie erfanden Namen. Das da vorne sei die Gammenweid, der Berg dort oben das Lütishorn, das Gewässer dort unten der Wießenbach. Dann baten sie freundlich um hundert Franken. Die Holländer lachten. Sie zogen das Messer und rammten es in das Sitzpolster. Sie lachten über die Holländer. Sie ließen sich bis in die Stadt fahren, wo sie die Holländer laufen ließen.

Einige Nächte rannten sie in der Stadt herum, brachten manches in Unordnung, die Apotheke beim Bahnhof etwa oder das Office vom Hirschen. Sie schnorrten Alkohol, Haschisch, Unterkunft, Essen und Geld; sie schnorrten alles außer Heroin. Heroin ließ sich nicht schnorren, nicht einmal von ihnen.

Über die Monate und Jahre nahm die Zahl der Taucher zu. Keiner wusste, weshalb, aber es wurden immer mehr, und nur selten waren sie länger als drei Tage auf der Kurve. Die Polizei brachte sie nicht wieder nach Wilderswil, sondern nach Boll. Boll war sicherer, aber nicht sicher genug. Nach Boll kam der Tessenberg, hoch über dem Bielersee. Auf die Aussicht vom Tessenberg über das schweizerische Mittelland bis zu den Berneralpen folgte Sankt Johannsen im Seeland. In Sankt Johannsen hatten sie zum ersten Mal wirklich Schwierigkeiten mit dem Zaun. Der Zaun in Sankt Johannsen war zwei Meter achtzig hoch, doch nach einigen Wochen schafften sie auch ihn.

Ihre letzten Tage in den Städten verbrachten sie mit gegen den Boden gerichteten Blicken, als hätten sie etwas verloren, als wäre ihnen etwas Nützliches oder Kostbares aus der Tasche gefallen, Geld vielleicht, oder Haschisch, ein Feuerzeug, oder auch etwas weniger Nützliches wie Liebe oder Wärme. Die Schneise hinter dem Zaun in Sankt Johannsen war höchstens einige Tage breit. Dann kam erst die Apotheke und dann das Office vom Hirschen. Dann kam der Thorberg, und von dort führte kein Weg mehr zurück in die Stadt. Der Thorberg hatte nur zwei Ausgänge. Sie konnten wählen. Der eine führte durch die Zeit und erforderte mindestens fünf Jahre Geduld; der andere führte durch das Feuer, durch die Schlinge oder den Schnitt.

Sie standen am Kanal. Es war November. Es regnete seit acht Tagen. Sie hatten gerade zu zweit dreieinhalb Gramm sehr starkes, sehr klebriges Kerala-Gras geraucht. Der kalte Schweiß stand ihnen auf der Stirn. Ihre Nerven flatterten.

Ihr Herz schlug bumbumbumbum. Ein Mofa näherte sich. Michael saß darauf. Er befand sich in der siebenundzwanzig Stunden breiten Schneise hinter Sankt Johannsen auf der Höhe bei Stunde acht, also sechs Stunden vor seiner Apotheke, acht Monate vor seiner Flucht vom Thorberg. Er entwich dem Thorberg durch das Feuer. Das war seine Wahl. Er entkam im Rauch. Damals am Kanal, im November, auf dem Mofa, trug er keine Schuhe. Michael trug nur Strümpfe. Es waren graue billige Strümpfe aus Synthetik, wie die chemischen Reinigungen sie verkaufen.

Er bremste das Mofa knapp vor ihnen.

Habt ihr noch was?, fragte er.

Sie schüttelten den Kopf.

Was ist mit deinen Schuhen?, fragte Tim.

Habe ich abgedrückt, antwortete Michael.

Hast du was?

Verkauft, sagte Michael.

Verkauft, sagte Tim.

Sag ich doch, sagte Michael. Ich löste einen Lappen. Einen Lappen für die Schuhe. Es waren gute Schuhe, versteht ihr, es waren gute Schuhe.

Dann fuhr er los, Richtung Apotheke.

Ein Engel in Erding

Eins. Er liebte sie. Er schrieb ihr einen Brief. Er schrieb: Wie geht es Dir? Wie geht es Deinen Kindern? Das Mädchen wird ja wohl bald aus der Schule kommen, nicht wahr? Wie ist es in Erding? Ist es ein gutes Leben? Hast Du den alten Wagen noch? Bestimmt fährst Du immer noch wie ein Portugiese! Von sich schrieb er wenig. Er schrieb, es gehe ihm gut. Das vergangene Jahr sei ein sehr gemächliches gewesen, und das sei in Ordnung so. Ob sie sich an die Pappel an der Seepromenade erinnere? Männer der Stadt hätten sie gefällt, nachdem ein Sturm den Kronenast zerbissen habe. Mutter gehe es wie immer. Wenn sie erst tot sei, werde er seine Wohnung aufgeben und nach Frankreich ziehen. Blonde Haare übrigens, schrieb er, habe ich überhaupt keine mehr, tut mir leid.

Zwei. Alain kam in Anzug und Krawatte. Er brachte die sechs Flaschen Rotwein und das Birnbrot, wie alle Jahre. Eine Weile saßen die beiden in der Küche. Sie tranken nichts, weder Wein noch Kaffee. Auch das Birnbrot rührten sie nicht an. Sie saßen einfach nur. Dann wollte Alain wissen, ob er die Tage wegfahre. Das wäre allerdings eine Möglichkeit, gab er zur Antwort. Irgendwann standen sie auf, und als Alain sich verabschiedete, sah er den Umschlag auf der Ablage bei der Tür. Alain nahm ihn, las die Adresse, schüttelte den Kopf und legte den Umschlag wieder zurück. Vergiss sie doch, sagte er und sah dabei nicht auf, mach dir ein Geschenk und vergiss sie endlich. Dann ging er. Er jedoch, wieder alleine, drehte das Licht an. Er riss den Umschlag auf, und unter seinen Namen schrieb er das Postskriptum. Ich komme dich besuchen, im alten Jahr noch.

Drei. Heiligabend waren sie zu dritt. Martha war Witwe, und Kinder waren keine da. Sie hatte niemanden außer Mutter. Manchmal, nachts, schloss sie sich in ihrer Wohnung ein und schrie dann so lange, bis jemand die Feuerwehr holte, und wenn die Männer die Tür aufgebrochen hatten, wurde Martha augenblicklich umgänglich und wollte, dass die Leute zum Tee blieben. Martha also saß Mutter gegenüber. Zwischen ihnen standen nur die Kerzen. Mutter hatte gekocht, Kalbsvoressen, sonst nichts, die Kartoffeln, den Reis und das Gemüse hatte sie vergessen. Nach dem Essen setzte sie sich ans Klavier. Er und Mutter sangen *Sonne, Mond und Sternenzelt*, behalfen sich, weil dies Mutters einziges Weihnachtslied war, mit *Ich geh' mit meiner Laterne* und *All Morgen ist ganz frisch und neu*. Dann half er beim Abwasch. Sie schwatzten ein wenig. Mutter wollte wissen, wann er ihr mit den Fischen helfe. Das werde warten müssen, antwortete er. Martha saß alleine und schweigend am Tisch, knabberte die mitgebrachten Kekse und wollte nicht aufstehen. Um elf nicht, nicht um Mitternacht, und um halb eins, als es wirklich Zeit wurde, klammerte sie sich an der Tischkante fest. Ließ nicht mehr los. Ich habe Angst, sagte sie, schreckliche Angst. Mutter antwortete: Dann bleib halt hier sitzen, du Gans, und löschte das Licht.

Vier. Wann hilfst du mir mit den Fischen?, fragte sie. Das wird warten müssen, antwortete er und stellte die Teller in den Schrank. Ich will nach Erding fahren. Sie antwortete nicht sofort, doch nach einer Weile sagte sie: Du verpasst dein Leben. Und wenn schon, antwortete er, es ist *mein* Leben. Du leidest, sagte sie. Nicht allzu sehr, entgegnete er. Du hast keine Frau, sagte sie. Ich hatte eine, erwiderte er. Es sind jetzt achtzehn Jahre, sagte sie. Beinahe neunzehn, antwortete er. Denk doch einmal auch an mich, bat sie ihn. Es ist meine Sache, sagte er.

Fünf. Sehr früh am Morgen war er in Konstanz. Er stand am Konzil. Über den Bodensee blies ein Wind, der war so kalt, als käme er direkt aus dem Weltall. Wellen schlugen an die Hafenmauer, die Gischt gefror noch in der Luft. Hoch über seinem Kopf kreisten Möwen wie aufgeschreckte Gedanken. Er kaufte für Mutter eine Ansichtskarte vom Dom und wusste nichts zu schreiben. Später, nicht weit hinter Stockach, verließ ihn der Mut. Er kam einfach nicht vorwärts. Er verlor sich zwischen den Hügeln. Wie eine Murmel fühlte er sich, kullerte in eine Kuhle, kam den Abhang nicht wieder hoch, und nahm deshalb ein Zimmer in einem Gasthof, der von schwarzen Tannen umstanden war. Da blieb er bis zum Abend und auch die Nacht.

Sechs. Alte Träume besuchten ihn. Er sah ein Haus, das dunkel war wie das Innere eines Ärmels, mit Türen, die mit der Hand alleine nicht zu schließen waren. Zimmerpflanzen standen auf fauligem Zeitungspapier, und neben dem Geruch zeugten staubige und fettverklebte Lederleinen von toten Hunden. Er fand Hundehaare an Häkeldecken. Ein umgekippter Kühlschrank war mit Regenwasser gefüllt, und in den Geruch von Ammoniak trat ein Mann von zwei Metern

Höhe auf ihn zu. Der Mann war nackt. Er hatte keine Haare, dieser Mann, keine auf dem Kopf, keine an den Brauen, keine an den Augendeckeln, keine in den Achselhöhlen. Jedoch war er gepudert, mit weißem Talkum bestäubt, und in seinem Körper klafften kugelige Wunden, als hätte jemand mit einem Eisportionierer Fleisch aus seinem Bauch entnommen. In jeder dieser Wunden blühte eine Blume, und dass diese Blumen nach Aas stanken, war nicht das Grauenhafteste, das Grauenhafteste waren ihre Blätter, die sich bewegten wie die Zunge eines Mannes, wenn er eine Frau ausleckt.

So erwachte er um fünf Uhr morgens, sehnsüchtig und über das Laken staunend, denn nie in seinem Leben hatte er etwas Fremderes auf seiner Haut gefühlt als eben dieses Laken.

Sieben. Er blieb liegen, bis es an die Tür klopfte. Er zog die Decke unter die Nase und rief herein. Die Wirtin erschien. Es gehe gegen Mittag, sagte sie, wenn er nicht bald komme, räume sie das Frühstück ab. Er wolle eine weitere Nacht bleiben, flüsterte er. Das gehe nicht, entgegnete sie, sie brauche das Zimmer. Ich kann jetzt nicht aufstehen, sagte er. Sind sie krank? Ich habe schlecht geträumt. Man wird doch wegen eines schlechten Traums nicht den ganzen Tag im Bett bleiben wollen, lachte sie, schon gar nicht, wenn's der Stephanstag ist und die heilige Messe wartet. Er sagte: Ich fürchte mich eben. Ich sollte nach Erding und will da eigentlich gar nicht hin. Dann tun Sie es einfach nicht, sagte die Wirtin und riss die Fenster auf. Ich habe es mir leider vorgenommen, gab er zur Antwort, und sie, die Wirtin, stemmte die Fäuste in die Hüfte und fragte dann streng: Der Herr ist doch nicht etwa ausgebüxt?

Acht. Am Straßenrand ging ein alter Bauer und schob ein plattes Rad neben sich her. Er hielt den Wagen. Ob er mitfahren wolle. Dies sei ein schönes Auto, murrte der Bauer, und er sei gestern bei den Schweinen gewesen und habe seither kein Wasser gesehen. Das sei egal, antwortete er. Er stieg aus, und sie luden das Fahrrad ein. Dem Bauer fehlte das rechte Auge. Der Hof lag abgelegen und bestand aus einem Hühnerstall und einer Schweinegrube. Sie stiegen aus. Der Bauer bedankte sich. Er fragte ihn, ob er nicht ein paar Tage zwei zusätzliche Hände brauchen könne. Brauchen könnte ich die wohl, sagte der Bauer, nur bezahlen kann ich nichts. Essen und ein Bett werden reichen, meinte er. Essen habe er genug, doch als Bett könne er nur das seiner Frau anbieten, und die sei fünf Tage darin liegen geblieben, bis sie auf den Gottesacker gekommen sei. Er zuckte mit den Schultern.

Neun. Sie sammelten im Wald loses Reisig und banden die Zweige zu dicken Bündeln. Sie fuhren mit seinem Wagen in die Futtermühle und holten Körner für die Hühner. Sie besserten Zäune aus. Sie aßen Kartoffeln mit geschmolzener Butter. Er dachte an Mutters Fische. Abends neckte er die Schweine und legte sich dann schlafen. Sie sprachen wenig. Ein stummes Verständnis entspann sich zwischen ihnen. Manchmal schimpfte der Alte leise, über den Wildfraß etwa, manchmal machte er ihn auf einen Dachsbau oder ein Habichtsgewöll aufmerksam. Fragen stellte er keine, nicht, woher er komme, nicht, wohin er gehe. Er blieb drei Tage. Am zweitletzten Tag des Jahres fiel zarter Schnee. Der Bauer legte ihm die Hand auf die Schulter, und dann sagte er: Was immer es ist, ich würd's jetzt tun. Und wenn Sie dem Teufel einen Knoten in den Schwanz machen müssen. Ins neue Jahr sollten Sie es nicht nehmen. Sie tranken einen Schnaps, dann fuhr er los.

Zehn. Taufkirchen, Hohenpolding, Altfrauhofen, Geisenhausen, Vilsbiburg, Aich, Bonbruck, Bodenkirchen. Taufkirchen, Dorfen, St. Wolfgang, Ramsau, Reichertsheim, Rattenkirchen, Ampfing, Lohkirchen, Sankt Veit, Vilsbiburg, Taufkirchen. Langengeisling, Bockhorn, Taufkirchen, Langengeisling, Fraunberg, Wartenberg, Hohenpolding, Taufkirchen, Langengeisling, Fraunberg, Langengeisling, Fraunberg, Langengeisling, Fraunberg, Erding.

Elf. Er fand das Haus nicht gleich, denn es lag etwas außerhalb, schon auf dem Weg nach Altenerding. Er räusperte sich, wartete, setzte sich wieder in den Wagen, fuhr zurück ins Zentrum, trank einen Kaffee, wartete eine Stunde, fuhr zurück, stieg aus, fasste sich ein Herz und klingelte. Er hatte zumindest das Gebell eines Hundes erwartet, doch blieb es still. Nach einigen Minuten drückte er die Klingel erneut. Nichts geschah, dafür erschien in der Einfahrt des Nachbarhauses eine ältere Dame. Die Herrschaften sind nicht da, rief sie ihm zu. Als er sich ihr näherte, wich sie einen Schritt zurück. Ihre Furcht war ihm angenehm. Bleiben sie länger weg?, fragte er. Sie reckte den Hals und meinte: Herr und Frau Doktor fahren mit den Kindern doch jedes Jahr über die Feiertage in die Berge. Sie warf einen Blick auf das Nummernschild seines Wagens. Sind Sie zufällig in der Gegend?, fragte sie. Nein, antwortete er, ich bin den ganzen Weg gefahren, nur um sie zu sehen. Achtzehn Jahre habe ich sie nicht gesehen. So eine lange Zeit, meinte sie, und: Sie hätten besser vorher angerufen. Ich bin eben als Angsthase zur Welt gekommen, sagte er, worauf sie lachte. Er war erleichtert, dass ihm ihr Lachen angenehmer war als die Furcht.

Zwölf. Auf dem zugefrorenen Eichenkofner Weiher in Erding liefen Kinder Schlittschuh. Er hielt den Wagen hart am Ufer und setzte sich auf die warme Motorhaube und trank Tee aus seiner Thermoskanne. Die Sonne tauchte durch den Nebel. Aus dem Milchlicht strauchelte ein Mädchen auf ihn zu und hielt sich an seinen Knien fest. Möchtest du?, fragte er. Er ist aber von gestern. Und kalt. Er hielt ihr den Becher hin. Sie nahm ihn und führte ihn mit beiden Händen an den Mund. Schmeckt eklig, sagte sie und verzog das Gesicht. Der Zucker fehlt, gab er zur Antwort. Ist er Ihnen ausgegangen?, fragte sie. Nein, erwiderte er, ich habe ihn einfach vergessen. So etwas Blödes, sagte das Mädchen und stieß sich von ihm ab. Er sah der Kleinen hinterher, wie sie zurück in die weiße Gischt aus Eiskristallen torkelte, aus der sie gekommen war, und da fiel etwas von ihm ab, für andere eine Lächerlichkeit wohl, für ihn der ganze Besitz, fiel von ihm ab und war einfach nicht mehr da.

Der Keller

Einmal, im Spätsommer, als er nach Hause kam, nach dem Bad im See, nach der Arbeit, auf dem Fahrrad, im Durchgang zum Hof, nahm Daniel am Rande seines Sichtfeldes eine Frau wahr, eine schöne, wie er glaubte, nach der er sich umdrehen wollte, was nicht sogleich möglich war, weil die Frau genau hinter dem Fahrrad stand, in seinem Rücken, wohin er den Kopf nicht drehen konnte und deshalb weiterfahren musste, in den Hof hinein, durch die Pfütze hindurch, die sich vor den Garagen ausbreitete und nicht einmal an den heißesten Tagen austrocknete. Dort fuhr er eine Linkskurve, weil er eine Linkskurve fahren musste, weil der Eingang des Hauses, in dem er wohnte, auf dieser Seite des Hofes lag, was an diesem Tag gelegen kam, weil es ihm erlaubte, sich nach der Frau umzudrehen und dabei den Schein zu wahren, er würde einfach eine Linkskurve fahren, ohne Hintergedanken, und es ihm im Scheitelpunkt der Kurve leichter fiel, den Kopf um weitere neunzig Grad nach der Frau hin zu drehen. Er sah die Frau, sie stand im Hof, ihre Blicke trafen sich, flüchtig, er erkannte, er hatte recht gehabt, sie war jung und hatte ein feines Gesicht, war hübsch, vielleicht sogar schön, auch wenn sie ihm nicht außerordentlich gefiel, weil ihr etwas fehlte, das Verkniffene fehlte, nach dem er bei Frauen suchte, etwas Verkniffenes, Trockenes, als hinge Staub in der Luft, und auch nicht, weil sie glatte Haare und keine Locken hatte und er doch nur bei Locken schwach wurde. Die Schönheit der Frau genügte, sie reichte als Beweis für seinen intakten Instinkt, er war froh um das Mediokre, es wäre ihm unangenehm gewesen, hätte sie etwas Verkniffenes um die Augen und Locken gehabt, es hätte ihn verwirrt, mehr als einem Feierabend wie diesem guttat, mit einem Bad im See nach der Arbeit, mit einer Ehefrau und Tochter, die mit dem Essen warteten. Daniel nahm seinen Blick weg. Er vergaß die Frau, als sie aus seinem Blickfeld hinter seinem Rücken verschwand, er ließ den Gedanken an sie fallen, versenkte ihn, dachte an etwas anderes, von dem er sich gänzlich in Beschlag nehmen ließ, er beschäftigte sich mit der Stelle, an der er spätestens bremsen musste, um sein Rad genau am Ständer zum Stehen zu bringen. Ein Bubenspiel, er wusste es, und das Wissen, dass die Frau zurückblieb, auch wenn es im Grunde nur die Erinnerung an sie war, nicht einmal die Erinnerung an sie selbst, sondern an den eigenen, intakten Instinkt, eine schöne Frau erkannt, ohne sie wirklich gesehen zu haben, verzauberte das Bubenspiel, beschwingte ihn und gab ihm ein helles Gefühl in den Bauch. Er dachte an seine Frau, Sonja, hoffte, sie würde für Augenblicke das Gesicht der anderen tragen, nicht, wenn er sie zur Begrüßung küsste, erst später, am Tisch, wenn der Tag endgültig schwinden und die Nacht kommen würde, wenn die Tochter fort wäre und sie alleine säßen, auf dem Balkon unter dem Windlicht, dann erst würde das andere Gesicht von Nutzen sein, erst dann käme die Vorstellung gelegen, und es würde nicht das Gesicht der Frau mit der Mappe sein, sondern ein drittes, verkniffenes, von Locken umspieltes, das Sinn für seinen intakten Instinkt hatte. Er schwang sich vom Rad, stellte es ab, beugte sich über den Gepäckträger, um den Bolzen zwischen die Speichen zu drücken und das Rad anzuschließen. In diesem Augenblick sah er hinter sich, halb kopfüber, durch seine Beine hindurch, ein Paar Schuhe, Beine bis zu den Knien, sie kamen auf ihn zu. Daniel erschrak, er glaubte, es seien die Schuhe der schönen Frau, er hatte niemanden sonst gesehen. Er richtete sich in der Absicht auf, sich nach ihr umzudrehen, dieses Mal offen, ohne Tarnung, ohne List, doch mitten in der Bewegung geriet sein Kopf in eine andere Bewegung, die sich der ersten widersetzte, deutlich, doch nicht grob, in der Art einer wohlmeinenden Züchtigung, zu deren Rechtmäßigkeit es keinen Widerspruch gab. Er sank zurück, er wich nicht, er fiel, er schlug mit den Zähnen auf die Fahrradstange, er fand das in Ordnung, er widersetzte sich dem Sturz nicht, auch nicht, als seine Schläfe auf die Pedale und den Asphalt schlug. Er hatte keine Hände, um sich zu schützen, die Hände waren anderswo. Der Kopf schlug auf, doch hatte er noch einen Gedanken, er dachte, zum Glück hat die Hausmeisterin das Moos längere Zeit nicht vom Boden gekratzt, doch das Letzte, das ihm durchs Hirn schoss, war kein Gedanke, sondern die Beurteilung eines Gedankens, seines letzten nämlich, er fand ihn idiotisch, das bisschen Moos macht's auch nicht besser. Erst dann umfing ihn das Dunkel. Dann sah er Schuhe, andere als zuvor, er sah sie an einem Ort, der wenig neben seinem Kopf lag, jedoch unerreichbar, wie Arkadien. Über sich hörte er Stimmen, die über ihn hinweggingen. Wo Daniel war, ein Bewusstsein tiefer als diese Stimmen der Nachbarn und Lieferanten, waren scharrende Schuhe, wie Hufe ungeduldiger Pferde. Er schämte sich, dass er lag, dass er unsichtbar war. Er mochte nicht schreien, und es war auch keine Luft in seinen Lungen, er schlief, und so war er erleichtert, als er die Ruhe zurückgewann. Es war schließlich still. Er lag im Schatten. Er fürchtete, Kinder könnten kommen und ihn anstarren, ohne Absicht, zu helfen oder zu schaden, nichts als seine gekrümmte Lage neben dem Rad betrachtend, ungerührt, sammelnd, wie Kinderblicke nun einmal sind. Nicht aus Furcht wollte Daniel sich später erheben, sondern weil ihn fror. Er wollte weg. Er wollte aufstehen. Er suchte seine Füße, fand sie nicht sogleich, und als er sie gefunden hatte, hatte er keine Ahnung, wie er sie unter seinen Körper bringen sollte. Sie waren so weit weg. Er hielt sich an etwas fest, es war sein Rad. Er bemerkte es erst, als es nachgab und hinfiel. Er fiel mit, zurück auf den Asphalt, was nicht das Schlimmste war, das Schlimmste war der Lärm, das dumme Scheppern von Blech, das in die Stille des Hofes drang und ihn befürchten ließ, jemand könnte aus dem Fenster schauen und ihn dort liegen sehen, einen Mann, den sie oft gesehen hatten, den sie als Nachbarn kannten, und für den sie sich im Weiteren nicht interessierten, außer er war betrunken oder machte Ärger, was nie geschehen war. Daniel war anständig und rechtschaffen. Deshalb blieb er liegen. Er schämte sich, er war seiner selbst überdrüssig und verharrte, deshalb blieb er weiter im Schutz seiner Lage. Er hörte tatsächlich, wie sich mit einem Lichtblitz ein Küchenfenster öffnete, genau über ihm, er vermeinte den Menschen zu sehen, der den Hof mit den Augen absuchte, nichts darin fand und wieder verschwand, was zum Scheppern gepasst hätte. Das Fenster wurde wieder geschlossen, das Glas bündelte die Sonne erneut zu einem Blitz, dann war es wieder dunkel und still. Daniel verhielt sich ruhig. Er hielt den Atem flach, und dabei entspannte er sich und fand, es sei auch eine Möglichkeit, den Kopf auf den Asphalt zu legen. Und es änderte sich wenig dabei, für die Welt ohnehin nicht. Daniel entdeckte, dass er noch nicht am Boden gewesen war — seine gelösten Muskeln führten ihn dorthin. Es war kühl da, und die schattige Frische tat ihm gut. So lag er, und in einer der nächsten Minuten stand er, er wusste nicht wie, wieder auf den Beinen, und so war es ein Leichtes, sich vom Boden zu lösen, zumal er die Flucht in den Beinen verspürte. Als er sich erhoben hatte, fühlte er sich heiter und frisch, das war der Schwindel. Er sah den Hof, als herrsche Föhn, was er sah, war ein einziger, ungeteilter Eindruck ohne Tiefe. Und da, als es genug war, als er sich genug gewundert hatte, wie schmerzhaft das Licht war, als er auf die rechte Seite des Hofes sah, gegen Süden hin, wo der Abend in den Jalousien schimmerte, wo an Leinen die Wäsche so ordentlich hing, als könnte damit jemand gerettet werden, als sein Überdruss an sich selbst größer wurde, da spürte er erneut, wie er gefallen war, er stand neben sich, als begleite er den eigenen Sturz, als gäbe es eine Erinnerung jenseits des Körpers. Er sah, wie flinke schmierige Finger an seine Brust griffen, unters Herz, ins Jackett, seine Börse pflückten, die Börse aus Rindsleder. Und er konnte nichts dagegen tun. Daniel wollte ihnen sagen: Nehmt die Aktentasche. Sie ist kostbarer als die Börse. Meine Arbeit steckt in der Aktentasche, es ist die Arbeit eines ganzen Jahres. Ich selbst stecke darin, mein Bestes. Nehmt sie. Nehmt den Beutel mit dem nassen Badezeug. Nehmt nicht bloß die Börse. Nehmt meine Frau, die Tochter. Nehmt mein Leben. Die Aktentasche lag am Boden, sein Beutel daneben. Daniel nahm beides. Er blutete, er fasste sich an die Schläfe, die Hand wurde rot. Er drückte das klamme Badetuch an die Schläfe. Dann überquerte er den Hof.

Er atmete kurz. Er stand im Treppenhaus. Einen Moment lang glaubte er, es stünden beide Wege offen, alle Stufen, jene hinauf in die Wohnung, jene hinunter in den Keller. Er hielt sich fest. Er stützte sich an der Wand ab. Er hoffte, wenn er sich anstrengte, würde jemand auf ihn warten und die Hand ausstrecken, aber als er seine Hand sah, als er den Schmutz und das Blut auf dem Verputz sah, erkannte er, dass seine Anstrengung vergeblich war. Wie sollte ihn jemand lieben, wenn er sein Blut nicht bei sich behalten konnte? Wie sollte man jemanden lieben, der sich selbst beschmutzte? Er entdeckte eine Freiheit. Er hatte keine Wahl, er musste sich nicht entscheiden. Er schloss die Kellertür auf. Er drehte das Licht nicht an. Er hielt sich am Handlauf fest, der ihn abwärts in die Dunkelheit führte. Er kannte das Reich dort unten, er wusste, dass dort Skier standen und ein Schrank mit Winterzeug, er wusste, es gab einen Bastelraum und die Waschküche linkerhand, er ahnte, als er durch den Trockenraum ging, wessen Wäsche es war, deren Berührung er zu vermeiden suchte. Es war sein Zuhause, er gehörte hierher, mehr als an irgendeinen anderen Ort. Er beugte sich über den Waschtrog. Er wusch sich das Gesicht. Er trank. In den Raum drang durch die Oberlichter ein letzter Schimmer Tageshelle, er reichte aus, um zu sehen, dass er das Wasser mit seinem Blut färbte. Er fingerte am Kopf. Er fand die Wunde knapp über dem Ohr. Ein Fetzen der Kopfschwarte hing lose, er erschrak nicht, ertastete die Verletzung. Er hatte dort noch volles Haar, er war froh, er hielt das Verstecken der Wunde unter einer Strähne für möglich. Er spuckte in den Trog. Er drehte die singende Leitung zu. Es kostete ihn einiges, das Badetuch zu zerreißen, er nahm die Zähne zu Hilfe und riss einen schmalen Streifen ab. Er dachte, dies ist das erste Opfer, das Tuch wird nicht mehr zusammenwachsen. Er trauerte darum, und dann band er sich einen Streifen um den Kopf. Er schonte sich nicht und legte den Verband eng an. Er drehte sich um. Die Laken hingen wie die Gewänder der Toten, die auf die Auferstehung warten. Er ging dorthin, wo die Skier und der Heizkessel standen, er wusste, es gab da einen Sessel, seinen Junggesellensessel, der nicht zum neuen Sofa gepasst hatte. Er musste sich den Weg ertasten, es gab kein Licht. Er setzte sich. Er fror. Seine Zähne klapperten. Er legte sich den Rest des feuchten Badetuchs über die Schultern. Aus der Aktentasche nahm er das Telefon. Die Anzeige leuchtete blau, er suchte im Verzeichnis nach seiner Nummer. Er sah, wie das Telefon in der Wohnung klingelte, vier Stockwerke über ihm. Er sah, wie Sonja von ihrer Arbeit ließ, wie sie in der Küche stand, sich die Hände trocknete und ins Wohnzimmer ging. Sie meldete sich mit Namen. Er sagte, er habe sich einer unaufschiebbaren Arbeit erinnert. Er sei zurück ins Geschäft gefahren. Er sei jetzt dort. Es sei wichtig. Sie sollten nicht mit dem Essen warten. Es könne dauern. Er hatte nicht das Gefühl, als würde er lügen. Es fühlte sich an wie Arbeit. Sonja war zuerst gekränkt, dann war sie verärgert. Du hast es versprochen, sagte sie. Ich weiß, sagte er. Es tut mir leid, ich werde mich beeilen. Morgen wäre zu spät gewesen, ich hätte Ärger bekommen. Du willst doch nicht, dass ich Ärger kriege? Natürlich nicht, sagte sie. Ich wollte mit dir essen, nur das wollte ich. Trink ein Glas für mich, sagte er. Ich mag nicht alleine trinken. Tu's für mich, bat er. Sie erwiderte nichts. Dann fragte Sonja: Wo bist du genau? Im Geschäft, antwortete er. Wo genau im Geschäft? Am Schreibtisch, sagte er, und er hatte noch immer nicht das Gefühl, als löge er. Es fühlte sich an wie die Wahrheit. Weißt du was, sagte er zum Schluss, weißt du, was ich dir sagen wollte? Dass du mich liebst, antwortete sie. Genau, sagte er. Dann drückte er die Ok-Taste und lehnte sich zurück.

Als es Nacht wurde, als er sich aus einem neuen Streifen einen neuen Verband gebunden hatte, als er erkannte, dass am alten kein Stück trocken war, als er auf der Straße stand, als er sich an den Menschen störte, die gingen und pfiffen, als wäre nichts passiert, als habe sich nichts verändert, als er sich aus diesem Grund, weil er alleine sein wollte, quer durch Innenhöfe Richtung Norden bewegte, als er erkannte, dass er den ganzen Weg zu Fuß gehen musste, weil seine Monatskarte weg war, weil er kein Taxi nehmen konnte, weil er kein Geld hatte, weil die Frau ihn niedergeschlagen hatte, da wünschte er sich, die Häuser würden von der Straße zurückweichen, er wünschte, die Straße führe über ein Feld, nicht durch die Stadt, er sehnte sich nach Schafen, nach einer Weide. Daniel konzentrierte sich, er hielt sich auf der Straße, im gelben Licht der Laterne, das war nicht gut, es war, als wäre der Asphalt nicht unter den Füßen, sondern in seinem Kopf, als wäre das Licht nicht vor seinen Augen, sondern dränge ein durch Kanäle und gerönne zu gelbem Eiter. Einer kam ihm entgegen, Daniel hörte ihn von Weitem, der Mann hatte einen Hund dabei, sie beäugten sich. Der Mann rief Daniel etwas zu, er verstand nicht, er ängstigte sich, lief einige Schritte, das ging nicht, er spürte sein Hirn schlagen. Dann überquerte er den Platz vor der Notfallaufnahme. Er trat durch das offene Portal. Die Schwester, die am Empfang saß, stand unvermittelt auf, geleitete Daniel zu einem Stuhl, setzte ihn hin. Sie fragte tausend Dinge, ob er sie verstehe, wie er heiße, ob er das Aufnahmeformular ausfüllen könne, wie er heiße, ob er den Verband selbst angelegt habe, ob er sie verstehe, wie er heiße. Wenn er nicht antworte, rufe sie die Polizei, die Klinik sei verpflichtet, Patienten ohne Namensangabe zu melden. Da nannte Daniel einen Namen, nicht den eigenen, sondern denjenigen eines Kollegen, eines braven Mannes, Familienvater wie er, er kannte ihn kaum. Daniel wusste, er hätte dieser Mann sein können, nicht anders hätte er ausgesehen, wenn man ihn ausgeraubt hätte, derselbe Sturz, dasselbe Geld in einer anderen Brieftasche, dasselbe Blut. Er log nicht, wenn er diesen Namen benutzte, sein eigener war nicht richtiger. Die Schwester rief nach jemandem, ein Arzt erschien, die beiden nahmen Daniel in die Mitte, brachten ihn durch den Korridor in ein Behandlungszimmer und legten ihn auf eine Liege. Daniel war übel, im Zimmer war es hell, er schloss die Augen. Der Arzt nahm den Verband ab, lachte, sagte, wie im Krieg, nicht wahr, ein Verband wie im Krieg. Daniel fühlte das lose Fleisch und das Blut. Der Arzt brummte, er werde nun die Wunde säubern, es brannte, und Daniel sah in der Ecke, dort, wo sein Blick nicht hinreichte, die Frau, die schöne, sie saß in einem Stuhl, lehnte den Kopf an den Medikamentenschrank und grinste, sagte, schade, der Kriegsverband habe ihr gefallen, er habe ihr damit gefallen, wie Marat sahst du aus, wie Marat in der Wanne. Während er den Arzt die Wunde nähen ließ, stand er auf und trat zu ihr hin. Er wollte sie ansehen, ihr Gesicht, ihre Hände, sie verschwand, als er auf sie zuging, sie konnte nicht vor seinen Augen sein. Er legte sich hin, sie erschien erneut. Er hörte den Arzt den Namen des anderen nennen, Daniel antwortete, der Arzt wollte wissen, ob es jemanden gebe, der ihn nach Hause begleite und zu Bett bringe. Daniel antwortete nicht. Der Arzt wollte wissen, wie er sich diese Wunde geholt habe. Daniel schwieg, der Arzt ermahnte ihn und verließ das Zimmer. Daniel nahm sich Zeit. Er machte sich bereit, bevor er losging und durch den Korridor ins Freie schlich. Die Frau begleitete ihn, sie war in seinem Rücken, trieb ihn vorwärts, auf der Straße, im Innenhof, im Treppenhaus, bis in die Wohnung. Im Esszimmer brannte Licht. Er stand im Flur, unsichtbar, zwischen Schuhen, die unordentlich lagen, Sonja saß auf dem Balkon, er sah sie hinter einer schwarzen Scheibe als helle Figur unter dem Windlicht, an einem abgeräumten Tisch, ein Gedeck, seines, unberührt, was ihn verzweifelt lachen ließ. Er konnte nicht zurückkommen, nicht zu ihr, nicht zum Teller, solange sie wartete, solange war die Welt wie hingemalt. Ein Windlicht über ihm, das ging nicht, ein Nachtmahl für ihn, das ging nicht. Wenn sie aufstünde, den Teller abräumte, das Windlicht ausbliese, das Essen der Katze verfütterte, wenn sie ihn im Flur entdeckte und sähe, dass etwas geschehen war, wenn sie hinter ihn träte, die Wunde befühlte, die Stiche zählte und die Schuld verteilte, auf ihn, auf die Frau, auf sich selbst, wenn sie sich selbst verließe, er bliebe. Sonja saß, wartete, niemand kam. Er drehte sich im Flur um, in der Dunkelheit, im Rücken den Schatten, Sonja im Rücken, den Balkon im Rücken, zurück ins Treppenhaus, zurück in den Keller.

Eine feine Nase

Sie saßen im Speisesaal. Sie saßen schon lange. Sie waren in Cully. Tim war da, weil ihn Dennler ins Haus seines Vaters eingeladen hatte. Dann war in der Nachbarschaft eingebrochen worden. Man hatte Tim verdächtigt. Die Polizei war gekommen. Und Dennlers Vater war gekommen. Tim war wieder auf der Straße gestanden. Jetzt, wo ich schon einmal hier bin, hatte er sich gesagt und außerhalb von Vevey ein Zimmer genommen. Das war vor achtzehn Monaten gewesen.

In der folgenden Zeit hatte er Lastwagen mit Schreibpapier beladen und als Gärtner gearbeitet. Den Winter hatte er im Innern eines Mercedes verbracht, als Fahrer eines alkoholkranken Bauunternehmers. Es war dessen Französisch, das Tim sprach, und im folgenden Frühjahr war er in Le Pont am schwarzen Lac de Joux gewesen und hatte bis in den Sommer hinein einem Fischer geholfen, die Fische auszunehmen. Dann war Tim die Ausflügler und ihre spitzen und gefräßigen Mäuler leid gewesen und war zurück an den großen See und zu den Winzern gefahren. Die Winzer waren fröhliche Menschen und bezahlten miserabel. Jetzt, Ende Oktober, war die Arbeit getan, die Hofeinfahrt aufgeräumt, die Besen weggestellt. Der Winter stellte seine Fragen. Tim wusste keine Antwort; er mochte nicht wieder fahren.

Helene war gestern in Cully angekommen. Sie wollte ein Wochenende lang über ihr Leben nachdenken. Sie stammte aus Fribourg, wo sie seit voriger Woche, wie alle Jahre, auf der Place Python stand und Lichter für Allerheiligen verkaufte. Nach den Lichtern würden die Fettkugeln für die Meisen kommen, später die Nikoläuse und dann, zu guter Letzt, die Christbäume.

Das, sagte Helene, muss ich nun einmal überdenken.

Sie aßen Forellen, die lagen gekrümmt wie blaue Dämonen auf ihren Tellern. Jenseits der Glaswand trieb das Wetter über den See.

Auf die Idee, sagte Tim, bin ich noch nie gekommen, irgendwohin zu fahren, um über das Leben nachzudenken.

2

Der Abend, an dem Tim den Schlüssel von seinem Bund nahm und auf den Tisch legte, war derselbe Abend, an dem er auch die Wohnung und das Haus verließ. Die Sporttasche hatte er umgehängt. Er stand im Hof. Er dachte, nun hat der Regen aufgehört. Als er durch die Ausfahrt auf die Straße trat, schlugen ihm plumpe Tropfen ins Gesicht. Der Wind blies Regen aus den Alleebäumen. Es war August und warm, das Laub der Platanen unversehrt, doch Tim roch den Herbst.

An der Kreuzung standen zwei Chauffeure der Busbetriebe. Sie waren betrunken und konnten sich kaum auf den Beinen halten, beschimpften aber den Verkehr, abends um halb neun, oder beschimpften sich, ein jeder den andern, es war nicht klar zu sagen. Als Tim an ihnen vorüberging, hielten die Männer in ihrem Schimpfen inne und glotzten ihn an aus gekränkten und roten und blöden Augen.

Am Ende der Straße war eine Kneipe und gegenüber der Kneipe das Fußballfeld. Tim blieb stehen. Die Fluter hoben eine Glocke aus Licht in den erlöschenden Himmel. Das Gebäude der Kneipe war eine Tintenlache unter den Wolken, die als friedliche Schiffe gegen Osten trieben. Tim ahnte, dass er unter diesem Himmel hätte bleiben müssen, unter den vom letzten Licht beleuchteten Wolken.

Vielleicht, dachte Tim, ist alles nicht so schlimm, schließlich habe ich eine feine Nase.

Dann betrat er leichtfertig, kopflos und nur mit den Füßen die Kneipe.

Er grub sich durch den Vorhang, den man als Windfang um die Tür gehängt hatte. Er roch den Rauch im Stoff, sah im selben Augenblick auch schon das Neonlicht, das den Raum erhellte. Es gab eine Vitrine mit Pokalen, über dem Tresen hingen Clubwimpel, an den Wänden gerahmte Mannschaftsfotos und Porträts von Stürmern.

Tim setzte sich an einen Tisch.

An der Wand war eine Karte der iberischen Halbinsel angebracht. In Salamanca steckte eine Nadel, und an der Nadel hing ein Schild, das besagte, hier hat der große Hernán Cortés studiert, bevor er Mexiko erobern fuhr. Neben der Karte eine Affiche zu einer Corrida mit El Cordobés.

Zu Füßen des Matadors saßen drei Spanier und spielten Karten. Die Männer tranken Bier. Einer stibitzte frittierte Tintenfischringe vom Teller. Nach jedem Bissen strich er am Bart das Fett ab. Die Männer spielten und beachteten Tim nicht.

Es dauerte eine Weile, bis Tim begriff, dass niemand die Tische bediente. Er stand auf und ging an den Tresen. Er ließ sich Bier geben und setzte sich wieder. Er trank. Da wandte der Tintenfischesser seinen Kopf nach ihm.

¿Le da usted al fútbol?, fragte er und deutete auf die Sporttasche.

Tim schüttelte den Kopf.

¿O es que anda por aquí de viaje?

Tim hob die Schultern. Der Spanier stand vom Tisch auf. Tim konnte den Gesichtsausdruck nicht deuten. Er dachte: Jetzt schlägt er mich. Der Spanier schlängelte sich durch die Stühle. Er hatte eine große fleischige Nase.

Tim fühlte eine Hand auf seiner Schulter.

Siéntese usted, hombre. Vamos a echarnos un partido.

Tim sah die Nase. Nicht schlechter als meine, dachte er, aber ich mache mehr daraus.

Tim setzte sich zu den Spaniern. Der Mann ihm gegenüber war groß und mager und jung und unter seinen Augen lagen die Ringe wie blaue Schminke, und das Innere des Tränensacks war zu sehen, und der Mann mischte und gab. Auch Tim bediente er, und Tim nahm die Karten auf und sah sie sich an und hielt sie dem Dünnen wieder hin.

Ich kenne diese Karten nicht, sagte Tim.

Der Tintenfischesser lachte. Der Mann, der gemischt hatte, lachte auch. Er lachte ein Lachen, als hingen Bleigewichte an seinem Zwerchfell. Der dritte Mann, ein alter rauchender Arbeiter mit tellergroßen Händen, in denen die Zigarette wie Kinderzeug wirkte, lachte erst nicht, sondern blickte argwöhnisch, dann lachte er auch. Tim sah seine Zähne, er dachte: Bei Gott, das sind noch Zähne. Es waren Zähne aus altem Elfenbein.

Sie spielten und tranken. Tim hielt ganz gut mit, im Spielen wie im Trinken. Ihm war warm ums Herz. Er fühlte sich eins mit diesen Männern. Er fühlte sich fremd wie diese Spanier, und das war gut so und gefiel ihm.

Kurz nach halb elf entschuldigte er sich, stand vom Tisch auf und wollte den Raum verlassen. Da pfiff ihn die Frau hinter dem Tresen zurück und reichte ihm den Schlüssel zur Toilette. Tim benötigte ihn nicht, nahm ihn trotzdem, trat aus dem Raum und ging durch den Korridor zum Telefon. Am anderen Ende der Leitung klingelte es drei Mal, dann meldete sich seine Schwester und fragte, wie spät es sei.

Nicht sehr spät, antwortete Tim. Hast du ein Bett für mich?

Habt ihr euch gestritten?, fragte sie.

Nur diese Nacht, sagte Tim. Morgen suche ich mir etwas anderes.

Wo bist du jetzt?, fragte seine Schwester.

In irgendeiner Kneipe. Hast du ein Bett für mich, ja oder nein?

Dani ist da mit seiner Freundin. Er bleibt die ganze Woche.

Du tust mir leid, sagte Tim. Lässt ihn sogar noch mit seiner Neuen bei dir wohnen. Eine tolle Geschichte, aber ich werde sie trotzdem niemandem erzählen.

Tim, sagte sie.

Ich kann auch in der Küche schlafen, sagte Tim.

Tim, sagte sie. Denk an das Kind.

Ach, leck mich, sagte Tim und hängte ein.

Er betrachtete das Telefon. Tim dachte, von ihm eine Antwort zu erhalten. Er dachte an die tausend Spanier, die dieser Apparat schon gehört hatte, an ihre Worte, an die Membran, die das Zittern der Stimmen so lange in die Heimat getragen hatte, wie das Kleingeld oder die Geduld des nächsten in der Reihe gereicht hatten.

Tim dachte auch an Hernán Cortés.

Dann wurde es dunkel in der Kabine. Als Tim an den Tisch zurückkam, saß ein anderer an seinem Platz und spielte an seiner Stelle. Tim griff sich die Sporttasche, die auf ihn wartete wie ein lästiger anhänglicher Hund. Er legte den Schlüssel auf den Tisch. Er verließ das Haus und trat nach draußen. Die Straße war trocken. Tim setzte sich auf den Randstein.

3

In der Cafeteria der Maternité saß ein Sikh und aß Lauchstrudel mit Rindfleisch an brauner Soße. Es war drei Uhr früh. Ein Arzt erschien. Er nickte Tim zu. Tim dachte schon. Der Arzt grinste und winkte ab und klopfte auf die Armbanduhr. Der Sikh aß Zimtkreuze. Dazu trank er Tee. Sein gekrümmtes Schwert lag auf dem Tisch. Wie dieser, dachte Tim. Eine Krankenschwester huschte schrittlos vorbei. Sein Blick fiel auf ihre Waden. Nicht jetzt, rügte sich Tim. Er starrte auf den roten Turban des Sikh. Genau wie dieser verdammte Sindbad, dachte Tim. Dass sie beim Empfang das Schwert durchgelassen haben. Der Eingang war auf Etage D. Der Kreißsaal und Helene auf Etage H. Er selbst, der Sikh und die Cafeteria auf Etage M. Der Sikh aß gezuckerte Erdnüsse. Die Cafeteria war hell erleuchtet. Die Nacht besorgte den schwarzen Hintergrund. Tim sah sich selbst im Fenster.

Ernesto

Je sais bien que le lecteur n'a pas grand besoin de savoir tout cela,
mais j'ai besoin, moi, de le lui dire.

Rousseau, *Confessions*

Das Folgende geschah Ende Oktober 2009, am Vorletzten
des Monats, um genau zu sein, obwohl ich zögere, in diesem Fall das Verb »geschehen« zu benutzen. Auch »ereignete
sich« oder »begab sich« scheinen mir nicht treffend, weil
sich nicht sagen lässt, in welcher Wirklichkeit die Erinnerung
stattfindet. Ich würde wohl auch kein Verbum finden, wenn
ich entscheiden könnte, ob es wahr ist, was Cartaphilus über
die Erinnerung gesagt habe, dass nämlich, wenn das Ende
nahe, von der Erinnerung keine Bilder mehr bleiben würden;
es blieben alleine die Worte.

Wichtig ist jedenfalls, dass ich am Abend vor jenem Freitag in Basel gewesen war, in einer Buchhandlung, als Gast
einer Literatursendung des Schweizer Fernsehens, die dort
aufgezeichnet wurde. In einer Kritikerrunde besprach ich
einige Neuerscheinungen, darunter einen Roman mit dem
Titel »2666«, verfasst von einem chilenischen Autor namens
Roberto Bolaño, der wenige Jahre zuvor im Alter von fünfzig Jahren in Spanien gestorben war, und dessen Bücher die
längste Zeit mehr oder weniger unbekannt geblieben waren,

und der sich nun mit diesem ziegeldicken Roman weltweit zu einem der meistdiskutierten Autoren entwickelte, ein Prozess, den ich mit gemischten Gefühlen betrachtete. Nicht, weil ich den Rang Bolaños anzweifelte, ganz im Gegenteil. Ich kannte seine Bücher seit langen Jahren, und tatsächlich war ich von Beginn an überzeugt gewesen, in ihm den rechtmäßigen und alleinigen Nachfolger der verwaisten Stühle von Onetti, Cortázar und Borges gefunden zu haben, eine Überzeugung, bei deren Verbreitung ich keine Zurückhaltung gezeigt hatte. Sein »Chilenisches Nachtstück« hatte ich zu jeder möglichen und unmöglichen Gelegenheit verschenkt, einmal sogar zu einer Hochzeit, was ich schon am Tag darauf bereute. Immerhin geht es in diesem Buch um die Schrecken einer Diktatur, um Opportunismus und um die Frau eines Folterknechts, die rauschende Feste in ihrer Villa feiert, während ihr Gatte im Keller Regimegegner zu Tode quält, und ich fürchte, der schöngeistige Teil des Buches, wozu ein Auftritt Pablo Nerudas und Erörterungen über die Literatur in der modernen Gesellschaft gehören, rechtfertigt es niemals, diesen Roman in den Korb einer hoffnungsvollen Braut zu legen.

Ich hatte mich in dieser Angelegenheit also bereits auf das gesellschaftliche Glatteis begeben, doch zu meiner Verteidigung darf ich anmerken, wie sehr ich vom Rang Bolaños und gleichzeitig von der Tatsache überzeugt war, dass meine Bemühungen fruchtlos bleiben würden, weil seine Bücher, obwohl auf den ersten Blick einfach zu lesen, alles in allem unzugänglich sind, da sie sich in endlosen Streifzügen vornehmlich durch ein von Bolaño selbst erschaffenes literarisches Mausoleum oder Pantheon ergehen, was für mich und jeden anderen Schriftsteller von großem Interesse ist, die meisten Leser aber unbeteiligt lassen muss. Ich war überzeugt, in ihm einen weiteren Schriftsteller für Schriftsteller gefunden zu haben, einen Mann, der unter Berufskollegen zwar hochgeschätzt, in breiteren Kreisen jedoch kaum wahrgenommen werden würde. Um so erstaunter war ich deshalb, als nach der Publikation der amerikanischen Ausgabe von »2666« jenes Rauschen losbrach, das bis heute angehalten hat, eine geradezu fanatische Verehrung, die in Bolaño den letzten Vertreter einer aussterbenden Gattung versteht, einen Universalmenschen, unermesslich klug und grenzenlos leidenschaftlich. Ein Hymnus hatte angehoben, ein Orffscher Lobgesang, der durch irgendeine physiologische Verbindung des Gehörganges mit der Epidermis allen Beteiligten Gänsehaut verschaffte.

Diesem Mechanismus war ich bereits in meiner Jugend begegnet, im Falle von gewissen Rockbands, deren psychedelischen Welten an der Schwelle zur Pubertät mein Evangelium waren. Und wie bei jeder Offenbarungsschrift lag nicht ihr kleinster Wert darin, ein esoterisches Wissen bereitzustellen, das auf Ausschluss der Uneingeweihten beruhte. Deshalb war die Entdeckung, es dabei mit einer längst durch die Massenkultur aufgesogenen Rockband zu tun zu haben, vernichtend, und später dann, als ich alt genug war und meine Gefühle nicht mehr nach ein paar Takten vor dem musikalischen Bombast kapitulierten, entdeckte ich, dass dieser avantgardistische Reflex Bestandteil vieler kulturpessimistischer Bewegungen war. Und ich fragte mich, ob dies auch in Bolaños Fall zutreffe und sich in der Verehrung seiner abseitigen Welten nur der Ekel der Masse vor sich selbst und gleichzeitig die Sehnsucht des Einzelnen abbilde, nicht zu dieser Masse, sondern zur Elite der Eingeweihten zu gehören, ein Ehrgeiz, der in einem künstlerischen Rahmen annehmbar wäre, mit Blick auf den Einfluss, den zum Beispiel der esoterische Schwabinger Kreis um Stefan George auf die braune Ideologie hatte, im Hinblick auf die Ermordeten grundsätzlich mit dem größten Misstrauen zu betrachten ist.

Natürlich war es mir nicht möglich gewesen, diese oder ähnliche Gedanken in der Literatursendung zu äußern, weil ein solcher Vorwurf sehr wohl begründet sein will, wofür es nicht genug Sendezeit gab. Das war meine offizielle Begründung, inoffiziell muss ich gestehen, dass mir der Mut fehlte, einer Unterhaltungssendung ihren Spiegel vorzuhalten. Oder ich war einfach zu klug oder zu opportunistisch gewesen (und Opportunismus ist eine Form der Klugheit, wenn auch keine besonders respektable) und erinnerte mich unbewusst an die häufigste Todesursache junger Störche, das Ertrinken im eigenen Nest nämlich. Weil niemand ihren Kot beiseiteschafft, dichtet dieser nach und nach den Horst ab und der Regen kann nach einem heftigen Wolkenbruch nicht mehr abfließen. Wie auch immer, ich beschränkte mich in der Sendung darauf, durch geistreiche Bemerkungen einen kleinen Teil meines Wissens aufblitzen zu lassen, damit sich das Publikum die ganze Größe meiner Belesenheit selbst ausmalen konnte. So erwähnte ich in zwei, drei Nebensätzen die Traditionen, in denen Bolaño stehe, vor allem natürlich in jener von Jorge Luis Borges, weniger formal als inhaltlich, falls das überhaupt zu trennen sei, wie ich sardonisch hinzufügte. So finde sich seine Obsession für den kulturellen Einfluss offener Gewaltanwendung bereits bei Borges, unter anderem in dessen Erzählung »Der Süden«, zu der Bolaño am Ende seines Lebens, schwerkrank und mitten in der Arbeit am besprochenen Roman »2666« steckend, eine Paraphrase geschrieben habe, eine Erzählung mit dem Titel »Der unerträgliche Gaucho«, in der er jene Fragen, die in besagtem Roman auf sechshundert Seiten ausgebreitet würden, auf gerade einmal dreißig erschöpfend behandelt habe.

Am Ende der Sendung fand ich, ich hätte meine Aufgabe nicht auf die schlechteste Art gelöst, besonders der Dinge wegen, die ich in der Sendung verschwiegen hatte, vor allem jenes Wort von Borges, wonach es verlorene Mühe sei, einen Roman zu schreiben. Klüger sei es zu behaupten, es gebe diesen Roman bereits. Dann könne man sich gleich an das Gespräch über dieses Buch machen, worin doch die eigentliche Aufgabe der Literatur bestehe. Natürlich hätte dieses Bonmot perfekt zu meiner leisen Kritik am Umfang von »2666« gepasst, aber wenn der literarisch interessierte Mensch, der niemals Borges gelesen hat, etwas über diesen Dichter weiß, außer natürlich, dass er im Alter von fünfzig Jahren vollständig erblindet sei, dann dieses Bonmot, und ich wusste, dass eben jene literarisch Interessierten und gleichzeitig völlig Unbelesenen den Hauptteil der Zuschauer stellten, und ferner, wie wenig es diese leiden können, ihrem eigenen mediokren Wissen zu begegnen. So hatte ich diesen Abend innerlich abgehakt, freute mich uneingeschränkt über das ziemlich leicht verdiente Honorar und wartete auf die Reaktionen, die allerdings zwei oder drei Tage würden auf sich warten lassen, handelte es sich bei dieser Sendung doch um eine Aufzeichnung.

Den nächsten Vormittag, es war der Freitag, verbrachte ich mit leichter Lektüre, Alfonso Barriago, ein mittelmäßiger und sehr unterhaltsamer Lyriker aus Colonia, Uruguay, bevor ich meinen Sohn aus der Schule holte. Zu Hause aßen wir Nudeln, und er bedrängte mich während der Mahlzeit, so wie er mich schon auf dem Heimweg bedrängt hatte, mit einer Sache, die für ihn große Bedeutung hatte. In der Bahnhofshalle präsentierte »Schutz & Rettung« in jener Woche ihren Fahrzeugpark. Seine halbe Klasse hatte die Feuerwehrautos, die Ambulanzen und Steigerwagen bereits bewundert, und er wollte natürlich nicht abseitsstehen.

Ich ließ mich erweichen, obwohl mir die Sache zuwider war. Die Freude missgönnte ich ihm nicht und hatte auch nichts gegen Rettungsdienste; ich fand nur die ewige Belagerung der großen Bahnhofshalle durch Sommerbälle, Beachvolleyball-Turniere oder eben Präsentationen dem städtebaulichen Rang dieses Ortes unangemessen. Und ich wollte diesem Jahrmarkttreiben nicht durch einen Besuch Vorschub leisten. Meinem Sohn waren diese urbanistischen Bedenken egal, und so machten wir uns auf den Weg.

Als wir die Halle durch den Hauptzugang betreten hatten und am Souvenirladen vorbeikamen, geschahen zwei Dinge gleichzeitig. Das erste: Mein Sohn eilte zu den elektrischen Tieren, den Schweinen, Hunden und Hasen, die auf dem Boden vor dem Laden ihre wahnsinnigen Choreografien tanzten und die Aufmerksamkeit der Kinder erheischten. Ich wunderte mich, dass mein Sohn sich immer noch von diesen Tänzen anlocken ließ, obwohl er im Frühling acht Jahre alt geworden war, und gleichzeitig erkannte ich, dass er nur aus einer gewissen Verpflichtung zu den Tieren gerannt war, aus einer Liebe zur Wiederholung, weil er, solange er denken konnte, sich über diesen Tand gefreut hatte und stehengeblieben war.

Das zweite war der Nelkengeruch, der süß in meine Nase stach, nicht von den Blumen, sondern vom Gewürz, das irgendwo verbrannt wurde. Auf der Stelle stellte sich eine Empfindung her, eine Erinnerung an eine Zeit, die längst vergangen war und die nicht an diesen Ort gehörte, nicht in das wochentägliche Gewusel des wichtigsten Verkehrsknotenpunktes des Landes, sondern in die Randzonen einer Kleinstadt vor zwanzig Jahren, in die Kneipen, die nicht für junge Menschen bestimmt waren und von ihnen erobert werden mussten, rauchverhangen, von Sisallampen nur schwach erhellt; in die Atmosphäre von Übungsräumen im hügeligen Umland, wo die Musik nur eine Nebenrolle und im Hintergrund spielte, während Indienreisende von ihren Abenteuern erzählten und versuchten, die Eindrücke einer mehrtausendjährigen und lebendigen Kultur irgendwie in ihr Dasein in einer miefigen Schweizer Kleinstadt zu übertragen, einen Platz für ihre Erfahrungen zu finden, den die meisten dieser armen Seelen nur in den Welten des Psilocybins oder des Lysergsäurediethylamids fanden; Welten, denen ich längst ebenso entkommen war wie jener Kleinstadt, wo man indonesische Nelkenzigaretten der Marke Gudang Garam rauchte, deren Geruch mich aus der Gegenwart des Bahnhofes hinausführte. Und ich fragte mich, *was diese gewissen Orte, jene Dämmerungen, mir sagen wollten, was ich nicht hätte verlieren dürfen* – und fand natürlich keine Antwort. Wie ich ihn dann erblickte, an einer der Stehtische vor dem »Nordsee« gelehnt, erkannte ich den ästhetischen Vorgang, auch wenn von einer

Schönheit nichts zu spüren war, höchstens darin, wie mein Sohn sich von meiner Hand löste, mit der ich ihn von den elektrischen Tieren weggeführt hatte, dieses Gefühl des Entgleitens, die perfekte körperliche Entsprechung der Erkenntnis, nicht mehr zu genügen. Ich sah noch, wie er von einer Rettungssanitäterin in die Ambulanz geführt wurde, doch war ich längst in die Aufmerksamkeit von Ernesto geraten, der mich im nächsten Augenblick auf eine Weise ansprach, als wäre unsere Diskussion nur für einige Minuten und nicht für zwanzig Jahre unterbrochen gewesen. Sein Gesicht schien unverändert, ohne Zeichen des Alters oder der Reife, was mich mit Schrecken erfüllte, und er trug noch immer seinen Filzhut, den er auf seiner Reise in Paraguay gekauft hatte, eine Reise, von der er nie zurückgekehrt war, was am deutlichsten an seiner Garderobe abzulesen war, die einem tropischen oder subtropischen, jedenfalls keinem europäischen Klima entsprach – über der nackten Brust ein kragenloses, buntes Baumwollhemd und eine dreiviertellange Hose, dazu Sandalen, alles wie vor zwanzig Jahren, weder schmutzig noch abgetragen. Er war einige Jahre älter als ich und hatte in meiner Jugend als einer der klügsten und gleichzeitig unangepasstesten Köpfe gegolten. Sohn des örtlichen Apothekers, bot ihm der Schulstoff keine Aufgabe und er musste sich eine andere Herausforderung suchen, die er in Belastungsproben der schulischen Disziplin fand, mit sich selbst als Probanden. Das System erwies sich als widerstandsfähiger, als er vermutet hatte, oder vielleicht war er selbst kein geeignetes Objekt, um dies zu überprüfen, weil sein Vater der örtlichen Oberschicht angehörte, mit dem Gerichtspräsidenten verschwägert war, weshalb man alles versuchte und seinem Sohn, den man damals noch Ernst nannte, nach seinem Taufnamen, gegen alle Widerstände bis zur Matur aushielt, die er mit 88 von 90 möglichen Punkten abschloss. Sein Vater starb bald, er selbst besuchte die Universität, wo er sich bei den romanischen Literaturen einschrieb, weniger des Stoffs wegen, mehr, weil er den Professor, einen Chilenen, bewunderte, einen Exilanten aus Santiago, der vor den Schergen Pinochets geflohen war, damals noch keine sechzig, aber für immer erschöpft von den Verfolgungen und dem Überdruss des Exils. In den Semesterferien reiste Ernesto nach Südamerika, sechs oder sieben Monate war er weg, und ich glaube nicht, dass jemand von ihm je einen vollständigen Bericht über diese Reise erhalten hat und jeder wie ich immer wieder Bruchstücke erzählt bekam, winzige Anekdoten, Veduten der Landschaften, die er durchreist hatte. Wie er auf dem Markt von Belém, Pará, den Teufel gesehen hatte, einen Mann mit einem Bocksfuß, den er den Passanten präsentierte, mit einem Pappbecher von Coca-Cola daneben, mit dem er um Almosen bettelte. Sein Bocksfuß sei eine so überzeugende Verkrüppelung gewesen, dass die Leute bei seinem Anblick den Schritt beschleunigt und erst in sicherer Distanz den Anblick gewagt hätten, mit den Händen vor den Mündern. Oder seine Begegnung mit dem Ameisenbär, der ihn drei Tage lang durch den Urwald geführt hatte. Er hatte ihn jenseits seiner Unterkunft, einer Estancia aus dem achtzehnten Jahrhundert an der argentinisch-bolivianischen Grenze, am Rande des Urwaldes entdeckt und zuerst geglaubt, das Tier habe zwei Köpfe, bis er das Junge auf dem Rücken erkannte, durch den schwarzen Fellstreifen optisch vollständig mit der Mutter verbunden. Aus einem unerklärlichen Impuls sei er, als der Ameisenbär zurück in den Dschungel verschwand, gefolgt, obwohl er nur die Latschen getragen habe, die er bereits nach einer halben Stunde in einem Graben zurücklassen musste, um mit dem Nebengelenktier Schritt halten zu können, das kein besonders hohes Tempo angeschlagen hatte, aber seinen Weg durch ein Gelände suchte, für das der Mensch vor zwei Millionen Jahren seine Fähigkeit verloren hatte. Es wäre Mystizismus, zu behaupten, der Ameisenbär habe Ernesto geführt oder auch nur auf ihn gewartet, aber es wäre ein ebenso großer Unsinn, darauf zu bestehen, dass er dem Ameisenbär gleichgültig war oder von diesem nicht wahrgenommen wurde, diesem zweiköpfigen Wesen, das so vollkommen mit seiner Umwelt verschmolz, dass Ernesto manchmal nicht sicher war, ob er tatsächlich noch das Tier vor den Augen hatte oder blödsinnigerweise nur in das Rascheln der Blätter starrte, stundenlang, wie es ihm schien, wenn der Ameisenbär ein Nest gefunden hatte, mit seinen Krallen aufbrach und das Volk aufzüngelte, akribisch, beinahe pedantisch darauf bedacht, auch nicht ein Insekt entwischen zu lassen, bevor er mit seinem Rucksack weiterzog, in die Dämmerung des Unterholzes hinein, bis es Nacht wurde und Ernesto nicht sagen konnte, ob bereits ein Tag vergangen war oder es am dichter werdenden Blätterdach lag, dass kaum mehr Licht den Boden erreichte. Er empfand weder Hunger noch Müdigkeit, nur manchmal trank er aus einem schlammigen Rinnsal, das über einen Felsen plätscherte, und er wusste, wie nahe er dem eigenen Verschwinden war, der Auflösung seines Körpers in der monumentalen Gleichgültigkeit der Natur, was ihn, als bereits der zweite Morgen graute, mit Überdruss erfüllte, sein eigenes Schicksal langweilte ihn, und wäre der Ameisenbär nicht gewesen, der weiter seinen Weg suchte, Ernesto wäre sitzen geblieben und hätte gewartet, bis die Geräusche des Waldes, die Feuchtigkeit und die Hitze ihn aufgelöst hätten. Aber das Tier zog weiter, langsam, stetig. Hin und wieder kletterte das Junge vom Rücken, kreiste eine Weile um die Mutter, untersuchte den Boden und versuchte sich in der Jagd nach den kleinen Biestern, bis es wieder auf das große Tier stieg und es weiterging durch die grüne Eintönigkeit. Ernesto hatte längst jedes Gefühl für die Richtung verloren, er taumelte nurmehr vorwärts, als er plötzlich durch das Laub vor sich einen graublauen Schimmer entdeckte, den er bald als Himmel identifizierte. Er trat aus dem Wald und sah vor sich die Estancia.

Ernesto kehrte zurück, man sah ihn, wie er an die Säule des Rathausbrunnens gelehnt das Treiben betrachtete, genauso, wie er auch jetzt in der Bahnhofshalle stand, als müsste er etwas überprüfen, als suchte er einen Menschen, der verloren gegangen war. Er brauchte Geld, er wollte so bald als möglich wieder verschwinden, und ich weiß nicht, weshalb er ausgerechnet in der Munitionsfabrik anheuerte, wohl kaum, weil sie dort am besten bezahlten, eher, um seiner Mutter eins auszuwischen, woran ihm immer gelegen war, ihre Klasse zu ärgern, Bürger und Kommunistenfresser, denen die Armeebetriebe zwar heilig waren und die gleichzeitig mit Verachtung und mit Misstrauen auf die Arbeiter blickten, weil sie in ständiger Gefahr sozialistischer Verführung standen, theoretisch, denn praktisch war von ihnen keine Agitation oder auch nur ein aufmüpfiges Wort zu erwarten. Die Gewerkschaften vertraten nicht die Interessen der Arbeiterschaft, sondern jene des Arbeitsfriedens, sie suchten das pflegliche Miteinander. Der erste Mai war in unserer Stadt kein Kampf-, sondern ein Dank-, Buß- und Bettag, und genau genommen gab es für einen Bürgersohn keinen

Ort, wo sein Standesbewusstsein weniger bedroht war als unter den Arbeitern unserer Heimatstadt. Trotzdem gehörte sich der Umgang nicht, vielleicht bestand auch die Sorge, nicht die Arbeiter könnten Ernesto, sondern Ernesto könnte die Arbeiter verderben und agitieren, denn dass er mit den südamerikanischen Befreiungsbewegungen sympathisierte, hatte sich mittlerweile ebenso deutlich gezeigt wie seine Anziehungskraft auf die Mädchen, wenigstens auf jenen Teil, der sommers mit nackten Füßen ging, im Stadtpark Gitarre spielte, Joni Mitchell, Pablo Neruda und natürlich Carlos Castaneda verehrte. Jedenfalls stand er dann für drei Wochen, das heißt, für vierundzwanzig Tage an einer Maschine, die Sprengsätze für Artilleriegeschosse herstellte. Meine Tante hat in eben derselben Abteilung vierzig Jahre gearbeitet, neununddreißig um genau zu sein, was sie bis heute nicht verwunden hat, weil sie wegen dieses einen fehlenden Jahres im Tagblatt nur eine ehrenvolle Erwähnung, aber keinen Jubiläumsartikel erhielt und ihr Name auch nicht in den Kasten in der Kantine mit den goldenen Dienstjubiläen gehängt wurde. In der Personalabteilung suchte man verzweifelt nach diesem vermaledeiten Jahr. Man hätte ihr die Ehrungen gegönnt. Ob sie vielleicht vor ihrem Eintritt in die Munitionsfabrik nicht irgendwann ein paar Monate in einem eidgenössischen Betrieb gearbeitet habe, die man dazu rechnen könnte, aber da war nichts zu finden, und auch ihr Vorschlag, neun Monate länger zu arbeiten, war untauglich, weil die Pensionsgrenze heilig und unter allen Umständen einzuhalten war. Meine Tante hat immer betont, wie pünktlich, geschickt und fleißig Ernesto war, und sie ist überzeugt davon, dass nicht seine Unaufmerksamkeit, sondern die Maschine schuld an der Explosion jener Zündkapsel war, die

Ernesto zwei Finger der linken und drei der rechten Hand abriss.

Die Bundesversicherung zeigte sich großzügig, er erhielt eine Rente auf Lebenszeit, die ihn von allen finanziellen Sorgen entband. Eine Zeitlang sah man ihn noch als Marktfahrer, er verkaufte Spiele, Carambolebretter und Diabolos, und soviel ich sagen kann, hat er das Land nie wieder verlassen. Er brach das Studium ab und geisterte fortan, ausgestattet mit einem Generalabonnent der Schweizerischen Bundesbahnen, durch die Schweiz und las sich durch die Weltliteratur, lebte in den Bahnhöfen und in der Literatur, vor allem in der südamerikanischen, und kannte, soweit ich das beurteilen kann, die Werke von Onetti und Cortázar wahrscheinlich mehr oder weniger auswendig, jenes von Borges allerdings mit Garantie.

Aber nicht deswegen folgte ich an jenem Freitagnachmittag seinen Ausführungen, nicht deswegen ließ ich mir erklären, weshalb ich mich in der Sendung zwar nicht schlecht, aber alles in allem trotzdem verkauft habe, und weshalb ich und Bolaño dem alten Borges auf den Leim gegangen seien. Ich hörte mir an, wie er Jakob Böhme zitierte, um zu beweisen, wie falsch ich den Begriff Magischer Realismus verstanden habe. *Die Magie ist kein Wesen, sondern nur der das Wesen begehrende Geist. Sie ist in sich selber nichts als ein Wille, führet sich aber in Wesen. Sie ist die größte Heimlichkeit, denn sie ist über die Natur und bildet die Natur nach der Gestalt ihres Willens. Sie führt den Abgrund in den Grund und das Nichts in das Etwas. Sie ist die Mutter der Ewigkeit, des Wesens aller Wesen, und in ihr liegen die Gestalten derselben.* Und es wäre mir gleichgültig gewesen, dass er die Geschichte vom unerträglichen Gaucho für eine Fehlinterpretation hielt, da es

Borges in »Der Süden« ganz und gar nicht um den Einfluss der Gewalt auf die menschliche Kultur gegangen sei. Und Hemingway, für ihn das zweit- oder drittgrößte Unglück der abendländischen Literatur, wie er betonte, habe leider trotz allem recht mit seiner Bemerkung an Berenson. *Es gibt keine Symbole, der Fisch ist ein Fisch und der Junge ist ein Junge. Was darüber hinaus geht, ist nur das, was wir bereits wissen, wenn wir darüber reden, was darüber hinaus gehe.* Es gebe kein Rätsel, die Fakten selbst seien schauerlich, und ich hätte es verkraftet, wie er mir dazu seine Fingerstümpfe präsentierte, die ein schlechter plastischer Chirurg nur notdürftig mit Hautlappen geflickt hatte. Die Narben glänzten, als wären die Wunden erst gestern geschlagen worden. Ich hörte, wie mein Junge mich rief, hob den Kopf und erkannte ihn hoch oben unter dem Hallendach, von wo er mir zuwinkte.

Wir zögen eine Spur durch die erkaltete Kruste einer Kugel, fuhr er fort, deren Kern aus flüssigem Feuer bestehe, und die mit hunderttausend Stundenkilometern, schneller als jede Kanonenkugel, jedes von Menschenhand beschleunigte Projektil, in einer Kreisbahn durch ein tödlich kaltes Universum um einen sterbenden Fixstern kreise. Nicht nur er, wir alle seien behindert an Händen und Füßen, mit einem beschränkten Lautsystem ausgestattet, und dazu mit zwei Gaben verflucht, die in ihrer Schrecklichkeit und Komik für eine Perversion stünden, für deren Monumentalität wir keine Begriffe hätten, auch nicht dieser Bolaño. Jede der beiden Gaben, träte sie nur für sich alleine auf, bliebe eine Eigenschaft, die kaum zur Kenntnis genommen werden müsste, die Eigenheit einer Art, eine Spielerei, ein Zufall, aber da sie gemeinsam aufträten und am Anfang dessen stünden, was blödsinnigerweise

Kunst genannt werde, würden sie zu einem Fluch. Diese beiden Eigenschaften seien die Erinnerung und der Sinn für die Schönheit, eine infernalische Kombination, weil nichts gesagt werden könne, ohne in den Einflussbereich entweder des einen oder des anderen Begriffes zu geraten. Aus der Erinnerung entstehe alles, jedes Haus und jede Straße, jedes Essen, das wir uns kochten, und auch jedes Gespräch, das wir zu führen versuchten. Einzig der Atem sei frei von Erinnerung, und genau deshalb hätten die spirituellen Führer immer wieder den Weg zur Erlösung durch den Atem gesucht. Die Seele sei der Atem, weil er sich mit jedem neuen Zug erfinde. Er brauche keine Erinnerung, und wir würden uns nicht an ihn erinnern. Vielleicht sei das menschliche Denken notwendigerweise Erinnern, und Nietzsche, der sich zu Tode erinnerte, ein schlechter Tröster, wenn er erkläre, dass wir uns nur dank des Vergessens erinnern können. Wir wären glücklicher, wenn wir alles vergessen würden, und wir wären einsam. *La solitude est une belle chose mais il faut quelque'un pour vous dire, que la solitude est une belle chose.*

Und erst diese Sucht nach Schönheit mache die Erinnerung gefährlich, das Verlangen nach Symmetrien, nach Farbverläufen, Harmonien und der Aufhebung aller Widersprüche, dieser Zwang zur Gestaltung sei es, der uns zu Lügnern und eben auch zu Dichtern unserer selbst mache, weil wir unsere Erinnerung nach diesen Vorgaben gestalteten. Aber wozu eine Existenz, wenn wir sie für die Erinnerung nicht brauchen? Und weil er den Umweg über diese überflüssige Erinnerung nicht mehr machen wollte, nicht mehr zuerst leben wollte, damit er sich später erinnern könne, sondern unmittelbar zu einem Gedächtnis werden wolle, deshalb verschwinde Dahlmann in »Der Süden« letztlich aus jeder Wirklichkeit und werde sich selbst eine reine Erinnerung, in der die Ereignisse nicht mehr einer Chronologie folgten, sondern gleichzeitig stattfänden, die Verletzung am offenen Fensterflügel, Sheherazades Erzählungen, die Geschichte seiner Vorväter, der Aufenthalt im Krankenhaus und auch die Reise in den Süden. Das hätte ich in der Sendung anmerken sollen, meinte er, aber dazu fehle mir sowohl der Verstand wie auch der Mut, aber vielleicht, irgendwann, werde sich die Gelegenheit ergeben, diese Erkenntnis trotzdem der Welt kundzutun, nicht in der Zukunft und auch nicht in der Vergangenheit, sondern in jener absoluten Gegenwart, in der wir uns erinnern. Er schob seinen Hut zurück, nahm einen langen, tiefen Zug von seiner Gudang Garam, und es verwundert mich nicht, dass er das alles weiß, Stunden vor der Ausstrahlung der Sendung. Er sitzt nicht im Publikum, gewiss nicht, ich würde ihn bemerken. Dies geht mir durch den Kopf, als ich den Kopf hebe, dort, wo die Scheinwerfer hängen, und von weit oben jemanden meinen Namen rufen höre, unter dem Hallendach mein Kind erkenne, wie es in einem Korb am Ende der Leiter steht, mir zuwinkt und lacht.

Erinnerungen an den
Dramatiker Martin Babian

Martin Babian sei, so hört man, auf der Straße zusammen-
gebrochen, im Universitätsspital, wohin man ihn brachte,
hätten die Ärzte nichts mehr für ihn tun können, das Loch,
das der Infarkt in sein Herz gerissen habe, sei von der Größe
einer Zweifrankenmünze gewesen, und das scheint glaubhaft:
Auch im Leben hat es Babian nie zu einem Fünffrankenstück
gebracht.

Martin Babian war ein unangenehmer Mensch, warum soll
man es verheimlichen? Die meiste Zeit übellaunig und, um
ein modernes Wort zu gebrauchen, frustriert. Ich selbst habe
es stets vorgezogen, ihn unter freiem Himmel zu treffen. Da
störte es keinen, wenn er laut wurde.

Eine Gaststätte besuchte ich mit ihm nur einmal. Nach
einer Viertelstunde setzte uns der Wirt vor die Tür und erteilte
uns ein Lokalverbot auf Lebenszeit. Babian war das natürlich
egal, das Lokal konnte er sich ohnehin nicht leisten, mich
allerdings traf der Ausschluss sehr. Es war mein Lieblings-
lokal, mit einer vorzüglichen Küche, der Grund, weswegen
ich überhaupt mit dem Dramatiker hingegangen war. Ein
ordentlicher Karthäuserbraten und eine gute Flasche Bur-
gunder, dachte ich, müssten selbst einen Mann wie Martin
Babian besänftigen. Ich schrieb dem Wirt in dieser Sache
ein paar Tage später einen Brief und erniedrigte mich darin,
aber alles, was ich erreichte, war ein dreiseitiges, wütendes

Schreiben gegen den Berufsstand der Schriftsteller. Wir müssten uns nicht wundern, wenn unser Ansehen so miserabel sei, wie es nun eben sei. Das Verhalten meines Kollegen sei ohne Frage unentschuldbar, noch niederträchtiger sei allerdings mein feiger, denunzierender Brief, mit dem ich mich von meinem Kollegen abzusetzen versuche, anstatt mich auf die Seite Babians zu schlagen, solidarisch, brüderlich. Und alles bloß damit ich weiter Rahmleber und Goldkartoffeln für zweiunddreißig Franken fünfzig fressen könne.

So erging es einem mit Martin Babian. Eine Bitternis blieb zurück, wann immer man ihn traf oder von ihm die Rede war.

Das war auch so, als ich das erste Mal von ihm hörte, auf einer Geburtstagsfeier eines angejahrten Schauspielers, er wurde sechzig, wenn ich mich recht erinnere. Wir feierten in einer Orangerie, außerhalb einer Kreisstadt. Bald hatten die Gäste an diesem Samstagnachmittag zu viel getrunken. Die frühe Sonne tat ein Übriges, und die Stimmung schwankte von da an zwischen Wut und Resignation. Von einem Schluck zum anderen sagte ich mir: *Nur noch dieses Glas, und in fünf Minuten bist du weg*, aber wie so oft in diesen Fällen, sollte ich schließlich bis zuletzt bleiben, bis auch der letzte Gast gegangen war.

Irgendwann machte sich der angetrunkene Gastgeber daran, der Gesellschaft einen Theater-Monolog vorzutragen, die Rede eines alt gewordenen Sohnes, der sich nach seiner längst verstorbenen Mutter sehnt, eine lächerliche Jammerei, eine präpotente Klage, die nur geschrieben schien, um die Anerkennungssucht eines Schauspielers der Lächerlichkeit preiszugeben. Mir war der Verfasser unbekannt, und später, bei einer Gelegenheit, aus Gedankenlosigkeit, als nachge-

schenkt wurde, heuchelte ich Interesse und fragte den Schauspieler, ob er eben einen eigenen Text vorgetragen habe.

Darauf eine Schmähung vor den versammelten Gästen.

Das sei eben die Schande mit Idioten wie mir, verkündete
der Schauspieler, dass wir uns nicht mit der Tradition beschäftigten. Er würde es verstehen, wenn wir die Dichter der
Vätergeneration ablehnten und ihre literarischen Konzepte
umzustoßen versuchten. Dafür hätte er allen Respekt, aber
wir seien so dumm, wir würden weder den Namen Martin
Babians kennen noch seine Verdienste, geschweige denn
die Werke. Kein Wunder, sei die Theaterkunst so herunter-
gekommen, verludert, wie er es nannte, kein Wunder, er-
eiferte er sich weiter, dass sich unter Berufsleuten selbst auf
einem Geburtstagsfest Begräbnisstimmung breitmache. Wir
würden die ganze Kultur verderben. Und nahm noch einen
Schluck und wandte sich ab.

Ohne es zu ahnen, hatte der Schauspieler mich an meinem
wunden Punkt getroffen. Ich hasse mich für meine Bildungs-
lücken, und in den folgenden Tagen suchte ich in den Buch-
handlungen einen Autor namens Martin Babian, leider ohne
Erfolg. In der Stadtbücherei fand ich schließlich eine vergilbte
Anthologie des lokalen Schriftstellerverbandes, eine lieblos
gemachte Broschur, aus dem einzigen Grund gedruckt, um
die staatlichen Druckkostenzuschüsse einzuheimsen. Dort
fand ich einen Text Babians, und ich glaubte zuerst, es würde
sich um denselben handeln, den ich auf der Feier gehört
hatte. Wieder ging es nämlich um einen Sohn, der um seine
Mutter trauert; und wieder war es nichts als eine weinerliche
Elegie, mit einem entscheidenden Unterschied: Nun hatte
die Mutter selbst einen Auftritt, der mit überflüssigen Licht-

und Regieanweisungen angekündigt wurde. Sanftmilchig müsse die Lichtstimmung sein, die Mutter von der ersten Schauspielerin des Ensembles gespielt werden, überirdische Schönheit sei unabdingbar, solcher Unsinn stand da, und sogar der Kostümbildnerei wurden Anweisungen gemacht: schwarze Bluse mit weißen Punkten und Puffärmeln seien zwingend, dazu ein enger schwarzer Rock mit Bordüren.

Mehr von Babian fand ich nicht. Ich war, offen gestanden, nicht sehr traurig darüber.

Leibhaftig sah ich Babian zum ersten Mal bei den Solothurner Literaturtagen vor einigen Jahren. Ich hatte an jenem strahlenden Maitag zum ersten Mal im Landhaussaal gelesen, vor großem Publikum, mit Erfolg, ich darf es sagen, und abends traf sich der versammelte literarische Betrieb zum jährlichen Bankett der Autoren. Das Besondere dabei: Es gab ausschließlich kaltes Fleisch. Roastbeef, kalter Braten, Siedfleisch, Vitello tonnato – sonst nichts, kein Gemüse, keine Kartoffeln, ausschließlich Fleisch, und dazu bloß Rotwein, ein lokaler, guter, so gut die lokalen Weine eben sein können. *Du hast es geschafft, lieber Freund*, sagte ich zu mir, *höher geht's in deinem Beruf nicht, ein Bankett aus reinem Fleisch, dies ist der Dichterhimmel, und das heißt, hier ist auch schon Endstation. Falls du noch eine Herausforderung suchst, dann wirst du dich anderweitig umsehen müssen.*

Als die meisten Gäste das Bankett bereits verlassen hatten, erblickte ich in einer Ecke des Saales einen Mann, der sich einigermaßen seltsam benahm. Er belegte mitgebrachte Brötchen mit dem übrig gebliebenen Fleisch, wickelte diese danach in Alufolie und packte alles in eine lederne Reisetasche: Martin Babian, das wusste ich auf der Stelle.

Ich hatte zu viel getrunken, ich gebe es zu, und das Fleisch machte mich bissig. Ein kleiner Ärger mit einem erfolglosen, hamsternden Dichter, der es auf unbekannte Weise geschafft hatte, an eine Einladung zu kommen, kam mir gerade recht.

Ich wusste es damals eben nicht besser. Denn wie groß der eigene Ärger sein mochte, Babian überschwemmte ihn mit seinem Ärger, und wie bitter meine Galle auch war, sie war zuckersüß verglichen mit Babians Geifer.

Ich erinnere mich nicht, was in Solothurn Inhalt seiner Suada war, vermutlich seine Lieblingsopfer, die Germanisten, Feuilletonisten, Dramaturgen, Lektoren, kurz alle, die auf irgendeine Weise ihr Geld mit dem geschriebenen Wort verdienen; selbst Korrektoren hasste er.

Eine der berühmtesten Lügen der Germanisten, rief er einmal bei einer Gelegenheit durch den Stadtpark, ist jene, dass man, um das Werk eines Dichters zu beurteilen, nichts über seine Person zu wissen brauche. Was glauben sie, mein junger Freund, weshalb Ihre Stücke gespielt und Ihre Texte gedruckt werden? Etwa weil Ihr halbgares Geschreibsel irgendetwas taugt? Nein, weil Sie mit den Damen und Herren Germanisten und mit den Lektoren nach der Lesung brav ein Glas Wein trinken gehen und sich deren Langweiligkeiten anhören. Und weil Sie stets ein sauberes Hemd tragen. Weil man sie präsentieren kann wie einen Preisochsen, deswegen, und weil Sie bei allem, ganz egal wie scheußlich es ist und wie demütigend, hinterher artig danke sagen. Ich sage Ihnen: Wenn Sie einmal verreckt und unter dem Boden sind, wenn Sie Ihre lausigen Texte nicht mehr mit einem gebügelten Lächeln verkaufen können, wenn von Ihnen nichts mehr da sein wird, außer ein paar armselige Wortsalate, dann wird man

Sie und Werk innerhalb einer Woche vergessen, und keiner, absolut niemand wird je wieder nach Ihnen fragen.

In meinem Fall hingegen wird es genau umgekehrt sein. Nach meinem Tod wird der Weg zu meinen Texten frei sein, die guterzogenen Damen und Herren in den Verlagen und Redaktionen werden sich nicht mehr über meine Ehrlichkeit entrüsten und über meinen Mundgeruch und die nachlässige Garderobe hinwegsehen müssen, und dann, lieber Freund, werden meine Texte gedruckt, gespielt und bewundert werden. Der ewige Ruhm wird folgen.

Lieber Martin Babian, entgegnete ich, ich sehe nicht, wer sich für Ihre Texte interessieren könnte. In Ihren Stücken geht es immer nur um Sie. Und um Ihre Mutter.

Da wurde er gelb wie das fallende Herbstlaub.

Wagen Sie nicht, ein Wort über meine Mutter zu sagen, keifte er. Sie war eine tiefe Person, mysteriöser und reicher als alles, was Sie sich in Ihrem Provinzlerhirn vorstellen können.

Mag sein, entgegnete ich. Und es ist recht, wenn Sie ihr ein Dramolett, einen Akt, oder meinetwegen eine Trilogie gewidmet hätten. Aber ein ganzes Werk?

Wer könnte etwas dagegen haben, wenn die Form ohne Zweifel ist?

Im Theater, Babian, muss es um die ganze Gesellschaft gehen.

Er lachte bitter.

Ich weiß nicht, was das ist, die Gesellschaft.

Wie ich ihn so dastehen sah, in unserem Stadtpark, im Licht des Martinisommers, abgehetzt, aufgebracht von unserer Diskussion und verschwitzt, als hätte er gerade einen Waldlauf hinter sich, mit seinen zerkauten Stiften im Revers, den Papieren, die aus den zerbeulten Taschen lugten, da wurde mir klar, dass er nichts von der Gesellschaft verstand und seinen Beruf verfehlt hatte. Vielleicht war es Bosheit, dass ich trotzdem mit meinen Argumenten fortfuhr.

Ist das Publikum, meinte ich, nicht ein Ausschnitt der Gesellschaft? Manifestiert sich nicht in ihm die Öffentlichkeit? Und sollte daher nicht die öffentliche Rede Thema und Stoff des Theaters sein? In Ihren Stücken, Babian, sieht man Ihre Mutter beim Kartoffelschälen. Wie Ihre Mutter Grießbrei rührt. Ihre Mutter, die sich beim Lehrer für Sie einsetzt.

Da hellte sich sein Gesicht auf.

Sie kennen die Lehrer-Szene?

Sie unterschätzen mich, Babian.

Eine meiner besten Szenen, sagte er leise, sie hat mich ein ganzes Jahr gekostet.

Da hatte ich beinahe Mitleid mit ihm. Ich sagte: Warum schreiben Sie nicht Erzählungen, warum nicht einen Roman? Sie haben Talent, Babian, das will ich gar nicht bezweifeln. Ich würde Sie einen Chronisten des Intimen nennen. Aber das Intime spielt auf der Bühne nun einmal keine Rolle. Ich mag Ihnen keine Vorschriften machen, aber ich finde, Sie sollten besser keine Stücke schreiben. Es ist die falsche Form.

Sie fürchten meine Konkurrenz, grinste er, und da lachten wir für einmal gemeinsam.

Er gestand, dass er dramatische Texte verfasse, weil es ihm nicht genüge, über seine Mutter zu schreiben. Sein Verlangen nach ihr sei ohne Maß, und sein größter Wunsch sei, sie noch einmal zu sehen, leibhaftig, auf der Bühne, ihr noch einmal zuhören zu können, sie unter Umständen sogar zu riechen. Leider sei ihm das bisher nicht vergönnt gewesen.

Dieses Geständnis rührte mich. Ich ließ meine Beziehungen spielen, sprach mit einem befreundeten Regisseur, und

bald darauf fand an einem Dienstagabend auf der Probe-
bühne unseres Stadttheaters eine kleine Vorführung von Texten Martin Babians statt. Die Schauspielerin, die Babians
Mutter spielte, war nicht die talentierteste im Ensemble,
aber sie war ihrer Rolle durchaus gewachsen. Es wurde eine
kurzweilige Stunde, und Babian benahm sich, wie man es von
ihm noch nie gesehen hatte. Er ließ sich von den anwesenden
achtundzwanzig Zuschauern feiern, nahm den Applaus gelassen entgegen, verneigte sich, als hätte er Übung darin. Mit
spitzem Mund nippte er am Premierensekt, unterhielt sich
galant mit der Hauptdarstellerin, machte ihr Komplimente
und beantwortete ernst und mit Humor die wenigen Fragen,
die man ihm zu seinem Werk stellte. Mit einem Wort, der
Dramatiker schien glücklich.

Um zehn Uhr abends war der Zauber vorbei. Martin Babian
aber, kaum hatten wir das Theater verlassen, fiel in seine
alte Rolle zurück, beschimpfte mich und den Regisseur, wir
hätten dies nur arrangiert, um ihn lächerlich zu machen. Er
lästerte über die Schauspielerin, ihre Darstellung sei uner-
träglich, sie sei bloß noch im Ensemble, weil sie eine Un-
kündbare sei, und er steigerte sich in seinem Zorn, bis Tränen
über seine Wangen kullerten.

So habe ich Martin Babian zuletzt gesehen, verbittert wie
immer, aber ich will mir Mühe geben, dass in meinem Gedächtnis bleibt, wie er war, als er einmal ein richtiger Dramatiker sein durfte, bei der Uraufführung seines Werkes, stolz
und großzügig, gelassen und feierlich.

Der Schlüssel

Dienstagnachmittag um halb vier Uhr legte er der Sekretärin die Papiere auf den Tisch, nahm das Jackett vom Bügel, zog es an, verließ das Büro, stieg in den Fahrstuhl, der sich um sechs Etagen senkte, durchquerte die Halle und stieg in den Wagen.

Er fuhr durch die Innenstadt, den Fluss entlang, drehte bei der Neuen Brücke das Radio an, kurbelte das Fenster hinunter, kam an der großen Kreuzung hinter einem Lastwagen zu stehen, der den Motor nicht abstellte, kurbelte das Fenster hoch, zählte an der Uhr im Armaturenbrett genau zweihundertvierzehn Sekunden ab, bis sich der Lastwagen und schließlich kurz darauf sein eigener Wagen und er selbst sich in Bewegung setzten.

In den äußeren Vierteln ließ sich der Nachmittag Zeit.

Er hielt den Wagen vor der Schule. Er hupte den Zwillingen zu. Er drehte das Radio aus. Die Kinder stiegen ein. Das Mädchen küsste ihn, machte dem Knaben Platz, und der Knabe küsste ihn.

Sie fuhren los.

Er stellte den Kindern Fragen. Sie antworteten einsilbig. Auf der langen Geraden zwischen dem Friedhof und dem Gartencenter schwiegen sie. Beim Tearoom »Minigolf« hielt er den Wagen an. Sie setzten sich auf die Terrasse. Er bestellte den Kindern Bananensplit und sich selbst ein Erdbeereis.

In der Anlage standen alte Menschen zwischen Zwergkoniferen.

Als die Kinder mit den Löffeln zu spielen begannen und die Finger in die Schalen tunkten, rief er die Bedienung und bezahlte.

Sie stiegen in den Wagen. Sie fuhren. Beim Gebrauchtwagenhändler in der Kurve stand eine blaue Alfa Romeo Giulia.

Als sie in ihr Viertel fuhren, erinnerte ihn seine Tochter an den Anzug. Er fuhr zur Chemischen. Das Mädchen stieg aus. Bis zu ihrem Erscheinen mit dem Anzug, den sie hochhielt, als wäre es die abgezogene Haut eines erwachsenen Mannes, blieb er mit seinem Sohn still im Wagen sitzen.

Zu Hause hieß er das Mädchen, der Mutter den Anzug bringen. Er hieß den Knaben, das Garagentor öffnen. Er fuhr den Wagen in die Garage und betrat sein Haus durch den Flur zwischen Garage und Waschküche. Er stieg die Treppe hoch, küsste seine Frau, stieg die Treppe hoch, zog sich im Schlafzimmer bis auf die Unterhose aus, trat ins Bad, duschte, tupfte sich trocken, rief seine Tochter, sagte ihr, sie solle den Anzug holen und sich von Mutter ein frisches Hemd und eine Krawatte geben lassen, rieb sich ganz trocken und nahm dann seiner Tochter den Anzug, das Hemd und die Krawatte ab.

»Da fehlt doch etwas«, sagte er.

»Die Unterwäsche«, sagte sie und verschwand.

Er wartete zwei Minuten, fröstelte im Durchzug, rief nach seiner Tochter, sie erschien nicht, er rief wieder nach ihr, und sie brachte die Wäsche.

Er zog erst Hemd und Hose an, band die Krawatte, zog das Jackett an, stieg die Treppe hinunter, setzte sich in der

Essecke an den Tisch, las die Zeitung, beantwortete manche der Fragen seines Sohnes und manche nicht, schaute später seiner Tochter beim Tischdecken zu, schaute seiner Frau zu, wie sie die gefüllten Tomaten und den Kartoffelsalat servierte, trank Apfelwein, putzte sich das Maul ab, sprach ein Wort mit seiner Frau, stand vom Tisch auf, wusch sich in der Küche die Hände, trocknete sie mit einem Geschirrtuch, trat in das Vestibül, vor den Spiegel, richtete Kragen und Krawatte, rief ein Wort über die Schulter zurück in das Haus und verließ es.

Er hielt sich rechts, lief die Quartierstraße hinunter bis zum Einkaufscenter, querte das leere Parkfeld, vermied den Blick in die Augen der Bengel, die auf der Laderampe saßen und rauchten, umging die Kapelle der Methodisten, nahm bei den alten Gemüsehallen den Feldweg, bewunderte das Vieh, das beim Gatter auf den Stall wartete, ging weiter an den Teichen vorbei, den Wald entlang, ein kleines Stück in ihn hinein und gleich wieder hinaus.

Er erreichte die Kantonsstraße und folgte ihr an der linken Böschung bis zur Kurve.

Beim Gebrauchtwagenhändler hob er das Seil mit den orangefarbenen Wimpeln über den Kopf hinweg, orientierte sich kurz und ging dann geradewegs zur Giulia. Er umkreiste sie dreimal. Er berührte sie. Er berührte mit den Fingerkuppen die hintere Stoßstange und langte unter den rechten vorderen Kotflügel. Er spuckte auf den Boden. Auf dem Schild, das am inneren Rückspiegel hing, las er:

»Für Liebhaber und Bastler. Ab Platz eintausenddreihundert.«

Bevor er sich zum Gehen wandte, schlug er mit der flachen Hand dreimal auf die Motorhaube.

Bei den Teichen lauschte er lange den Fröschen.

Die Weide stand leer und das Gatter offen.

Später saß er mit seiner Frau in der einbrechenden Nacht auf der Veranda.

Nach dem Lichterlöschen versuchten sie sich zu lieben. Es ging nicht. Sie lachten.

Mittwoch Abend um Viertel vor sechs stand er am Empfang des Wohnheims und wartete auf seinen Bruder. Er erkundigte sich bei der Dame, wie es stünde. Sie antwortete, es stünde ordentlich. Er lehnte sich an die Theke. Er betrachtete die Kupferstiche an der Wand. Er tupfte mit dem Zeigefinger an den Staubbeutel der Lilie. Er stellte sich vor das Schwarze Brett. Er erschrak über eine Todesanzeige. Er studierte den Menüplan. Er nahm entfernt seinen Bruder wahr. Er drehte sein Gesicht in den Korridor, von dessen Ende her sich dieser auf ihn zubewegte. Er blickte und regte sich nicht und nahm seinen Blick während der ganzen Dauer seines Ganges nicht von ihm.

Er schmiegte sich sofort hinter seinen Bruder und legte ihm zur Begrüßung die Hand auf die Schulter. Im weißen T-Shirt blieb ein brauner Fleck zurück. Er nahm die Hand weg, hob sie und drehte gleichzeitig den Kopf zur Dame hin. Sie telefonierte.

Er schob seinen Bruder zum Wagen.

Sie fuhren von der Anhöhe längs des Seerückens hinunter bis zum Bootshafen. Dort bogen sie in die Kantonsstraße ein.

Zwischen dem Friedhof und dem Gartencenter wollte der Bruder etwas wissen. Er werde sehen, antwortete er. Er solle schweigen.

Er hielt den Wagen auf dem gekiesten Platz vor der orange-farbenen Baracke. Eine Frau trat heraus.

Sie stiegen aus. Sie begrüßten sich. Die Frau fragte, ob sie ihnen etwas zeigen dürfe.

»Die Giulia«, gab er zur Antwort.

Die Frau ging vorneweg. Er folgte ihr. Zuhinterst ging sein Bruder.

Er drückte den Preis auf neunhundert.

»Kann er fahren?«, fragte sie, als er das Seil verknotete.

Er hob den Kopf.

Sie deutete mit dem Kinn auf seinen Bruder.

»Er kann«, erwiderte er.

»Darf er auch?«, fragte sie.

Er schwieg und machte sich wieder an den Knoten.

»Sie müssen verstehen«, sagte sie. »Es ist wegen der Verantwortung. Wir haften ja bis zur Haustür. Man würde es nicht für möglich halten, aber nach dem Gesetz haften wir bis zur Haustür.«

Vierundzwanzig Stunden später zog er mit vier Heringen und einer Schnurr ein Geviert von anderthalb mal vier Metern in den Rasen vor seiner Veranda.

Er drückte seinem Bruder den Spaten in die Hand, sagte ihm, er solle so lange graben, bis die Grube genau vierzig Zentimeter tief sei, und falls diese Arbeit bis zum nächsten Abend dauern sollte, dann dauere sie eben bis zu nächsten Abend.

Sein Bruder grub, und er rannte zu seiner Frau, die auf der Veranda stand mit verschränkten Armen und den Kopf schüttelte, nur immerzu den Kopf schüttelte. Er lachte, gab auf ihre stumme Frage eine stumme Antwort und riss sie an sich und drückte ihr einen Kuss auf die Stirn.

Danach stieg er in das Schlafzimmer und zog den Overall an.

Er öffnete die Haube. Er legte die Schondecken auf. Er löste die Stützen und baute die Haube ab. Er stellte die Haube an die Garagenwand. Er entspannte die beiden Klemmschellen und hielt augenblicklich den Luftfilter in der Hand. Er legte ihn fort. Nachdem er den Akkumulator ausgebaut und die Kühlflüssigkeit abgelassen hatte, löste er die Klemmschellen an den Heizungsschläuchen. Die Schrauben vom Kühler warf er zusammen mit den Scheiben, Distanzhülsen und Gummipuffern in den Kübel. Er nahm das Gasgestänge vom Block, löste die Kabel der Zündspule und jene an der Kerze, der Lichtmaschine und dem Anlasser, schneuzte sich, und schnippte das geflochtene Massekabel und zuletzt das Kabel am Ölmanometer von den Stutzen.

Er legte sich unter die Giulia. Er schraubte das Auspuffrohr von den Krümmern und baute den Lagerbügel aus. Nachdem er die vier Bolzen durch die Flanschverbindungen zwischen dem hinteren Kreuzgelenk und dem Differential gedrückt hatte, konnte er die Kardanwelle abwinkeln und ausdrehen.

Er rollte sich unter dem Wagen hervor. Er zog den Haken am Flaschenzug ganz nach unten und hängte ihn in den Tragbügel am Zylinderkopf. Dann hob er mit drei, vier Zügen den Motor leicht an, um so die Querträger zu entfernen. Die Schrauben in den Querträgern verlangten einen Einundzwanziger-Schlüssel. Er durchsuchte den Schubladenstock, versuchte es mit einem Zweiundzwanziger, verließ die Garage, durchquerte den Garten, trieb seinen Bruder an, kletterte über den Rautenzaun, querte den Nachbarsgarten, trat vor die Nachbarstür und klingelte.

Er besah sich seine Hände. Sie waren schmutzig.

Der Nachbar erschien. Sie begrüßten sich. Er sagte, er

habe ein gewisses Vorhaben, zu dem er einen Einundzwanziger-Schlüssel benötige.

»Ungern«, sagte der Nachbar und legte die Stirn in Falten.

»Dauert nicht lange«, sagte er. »Er ist noch heute Abend wieder bei Ihnen.«

Der Nachbar verschwand und tauchte sofort wieder auf.

»Einen Einundzwanziger«, sagte er, während er hinter dem Nachbar in den Keller stieg, »im ganzen Wagen nichts als Neunzehner, sogar die Steißmuttern sind Neunzehner, aber die Schrauben in den Querlagern sind Einundzwanziger. Soll einer das verstehen.«

An der Wand im Keller hing säuberlich aufgereiht ein kompletter Schlüsselsatz, vom kleinen Dreier über die mittleren Vierzehner und Fünfzehner bis hinauf zu den groben über dem Maß von vierundzwanzig Millimetern.

Der Nachbar griff sich den Einundzwanziger, prüfte ihn, wog ihn in der Hand, rieb ihn mit einem Lappen ab, prüfte das Maß, wog ihn wieder und hielt ihn schließlich hin.

Er griff hastig nach dem Schlüssel, doch der Nachbar ließ ihn nicht los und hielt ihn noch fünf Sekunden fest und blickte ihm dabei in die Augen und legte die Stirn in Falten.

Später hob er mit dem Flaschenzug den Motor aus der Karosserie. Er ließ ihn einfach am Flaschenzug hängen, als er die Garage um zwei Uhr früh verließ und in das Schlafzimmer stieg und sich neben seine Frau legte, ohne sie zu berühren.

Am nächsten Abend, es war der Freitag, schob er mit Hilfe seines Bruders die ausgeweidete Giulia aus der Garage in den Garten. Seine Frau schüttelte nur den Kopf, die Zwillinge standen daneben.

Das Auto in die Grube zu versenken, war nicht ganz einfach, aber dank des Wagenhebers und der Hände der Zwillinge schafften sie es doch.

Er nahm nun selber den Spaten zur Hand und warf mit wilden Bewegungen drei Stunden lang die ausgehobene Erde zurück in die Grube, verteilte sie unter der Giulia, drückte sie an den Rändern fest und vergrub so den Wagen.

Dann war es neun Uhr abends. Er saß glücklich am Kopf seiner Familie und aß.

Seinem Bruder gab er fünfzig Franken und Kleingeld für den Bus. Er war müde und mochte ihn nicht zurück ins Wohnheim fahren.

Am Samstag kurz vor Essenszeit schob er einen Einkaufswagen durch das Gartencenter. Seine Frau ging neben ihm. Im Einkaufswagen waren acht große Begonien und zwei kleine Kisten Geranien.

Der Nachbar tauchte auf.

»Ich kenne die Venom bei Rothrist«, sagte der Nachbar, »und einer meiner Cousins hat eine Haubitze 31 ersteigert, aber einen vergrabenen Wagen habe ich noch nie gesehen.«

»In Amerika gibt es das schon«, sagte er.

»Einfach vergraben«, sagte der Nachbar.

»Sie vergraben sie dutzendweise«, sagte er.

»Bis zu den Radkappen vergraben«, sagte der Nachbar und schüttelte den Kopf. »Sie haben doch bestimmt den Motor ausgebaut?«

»Habe ich«, entgegnete er.

»Es ist nämlich Vorschrift. Das Öl. Wegen des Umweltschutzes. Was war es doch gleich für ein Typ?«

»Eine Alfa Romeo Giulia«, antwortete er.

»Ein Italiener also«, sagte der Nachbar.

Dann war es eine Weile still.

Dann sagte er: »Wir waren doch in Arese. Wir waren da im Urlaub. Wir besichtigten die Fabrik. Mein Vater kaufte eine Giulia direkt vom Band. Er überführte sie nach Hause, das heißt, die Giulia lief ab Band, mein Vater erhielt den Schlüssel, stieg ein und ließ den Motor an. Ich durfte mit. Wir fuhren mit der brandneuen Giulia durch Italien, das Tessin, über den Gotthard nach Hause, stellten den Wagen in die Garage, stiegen aus, gingen zum Bahnhof und fuhren zurück in den Urlaub.«

»Deshalb also«, sagte der Nachbar.

»Meine Mutter mochte den Wagen nicht«, sagte er.

»Deswegen also«, sagte der Nachbar.

Dann hielten sie wieder inne, und seine Ehefrau erinnerte an die Zwillinge.

»Wenn sie noch Erde übrig haben«, sagte der Nachbar, »und nicht wissen wohin mit ihr, ich könnte sie gut gebrauchen. Ich will meinen Teich wieder zuschütten. Er ist voll Ungeziefer. Frösche. Mücken. Ich will ihn zuschütten. Sie dürfen mir die Erde also geben.«

»Ich will den Motorraum füllen«, erwiderte er und legte Bedauern in die Stimme. »Ich will ihn bepflanzen.«

Er zeigte mit der rechten Hand auf die Begonien und auf die beiden Kisten Geranien.

Abends vor dem Fernseher trank er viel Apfelwein, hielt die Hand seiner Frau, blickte, weil ihn die volksmusikalische Gala und die touristischen Rundsichten über die Vier Seen nicht interessierten, hinaus in den Garten. Im Motorraum der Giulia blühten die Begonien. Sie war bekränzt mit einer langen Rabatte Geranien.

Er ging ziemlich früh ins Bett und ließ seine Frau mit dem Fernseher allein. Er schlief, als er ihre Lippen im Nacken spürte. Er stieß sie weg.

In einer der Nächte wurde er wach. Er blieb einige Minuten liegen, lauschte dem Atem seiner Frau und dem Rauschen des Mondlichts. Er erhob sich, schlüpfte in die Pantoffeln und schlich aus dem Zimmer. In der Küche drehte er Wasser an und trank vom Hahn. Er trank in großen Schlucken.

Er ging in die Wohnstube. Er machte kein Licht. Der Mond war hell genug. Er trat an das Fenster. Er betrachtete die Giulia. Wie das Mondlicht auf sie niederprasselte. Er wollte sich gerade abwenden, als er sah, wie der Nachbar über den Rautenzaun kletterte, sich umsah, mitten in den Garten trat, die Hose herunter ließ, in die Hocke ging und neben der Giulia auf den Rasen schiss. Er sah, wie der Nachbar aus der Hocke einen Hüpfer nach rechts machte. Er sah, wie er schiss. Er sah, wie sein Nachbar einen zweiten Hüpfer machte und ein drittes Mal schiss. Er stand am Fenster, blickte in den mondhellen Garten, sah den mondhellen Hintern des Nachbarn und erkannte, wie dieser aus der Hemdtasche ein papiernes Taschentuch zupfte und sich damit den Hintern wischte. Dann stand er auf, zog die Hose hoch, zurrte den Gürtel fest und verließ den Garten auf demselben Weg, wie er ihn betreten hatte.

Er wartete eine Stunde, und er regte sich nicht.

Der Garten lag im Dämmer, als er die Verandatür öffnete und hinaustrat.

Er brach einen Zweig von der Forsythie und spießte das

Taschentuch auf. Er roch den Kot, hielt den Atem an, hielt das Taschentuch von sich gestreckt und eilte ins Haus. Als er die Gardine zur Seite zog, fiel das Taschentuch vom Zweig und auf den Teppich.

Er griff das Taschentuch mit dem Daumen und dem Mittelfinger der rechten Hand. Er ging ins Bad, öffnete das Klo, warf das Taschentuch hinein, spülte und übergab sich.

Später, zurück im Garten, versuchte er erst, den Kot mit dem Laubrechen auf die Schaufel zu schieben, aber er war zu weich. Er holte in der Küche die Tiefkühlbeutel, riss einen von der Rolle, stülpte sich den Beutel über die Hand, griff in den Kot, packte ihn so gut es ging und zog ihn auf links in den Beutel und verknotete ihn.

So tat er es dreimal.

Die drei Beutel packte er in einen Abfallsack. Den Abfallsack warf er in den Kofferraum seines Wagens.

Er kehrte zu seiner Frau ins Bett zurück. Sie fragte ihn, wo er gewesen sei. Er hörte in ihrer Stimme, dass sie schlief und sich nicht an die Frage würde erinnern können. Deshalb schwieg er und beantwortete die Frage nicht.

Am Mittag darauf warf er den Abfallsack in einen Kehrrichteimer im Park, und siebzehn Stunden später, nachts, stand er mit den Tiefkühlbeuteln am Fenster in der Wohnstube und wartete auf den Nachbarn. Er kam um halb vier früh und schiss dreimal, diesmal sogar etwas näher bei der Giulia.

Um halb fünf hatte er sich übergeben und den Kot abgepackt. Alles wie in der Nacht davor.

Vormittags vermochte er sich nicht auf die Arbeit zu konzentrieren und bestellte bei der Sekretärin eine dritte Tasse

Kaffee. Als sie draußen war, griff er die Tasse, hob sie an den Mund, nahm einen Schluck, spülte den Mund, spuckte auf ein Aktenstück, drückte die Tasse in die braune Spucke, schrie nach der Sekretärin, schrie sie an wegen des Kaffeerands auf der Akte, warf sie ihr vor die Füße, schrie wieder. Er schrie noch, als sie bereits die Tür hinter sich zugezogen hatte.

Mittags fuhr er in den Park und warf die drei Beutel in denselben Kehrrichteimer wie am Tag zuvor. Er lachte über die Gewohnheit.

In der nächsten Nacht wartete er lange vergeblich. Er stand am Fenster, blickte in den Garten, und er als er nicht mehr daran glaubte, kam der Nachbar und verrichtete seine Notdurft dreimal. Aber diesmal ließ er die Tiefkühlbeutel im Schrank und ging nicht in den Garten. Er ging in das Schlafzimmer. Er weckte seine Frau nicht. Er hielt ihr die Hand auf den Mund. Er zog sich die Pyjamahose aus. Nach acht Minuten hatte er genug.

Bis zum Morgengrauen konnte er nicht schlafen. Er stand auf, zog sich an, trank Kaffee, nahm die Tiefkühlbeutel aus dem Schrank, eilte in den Garten, auf die Toilette, spülte, aber übergab sich nicht. An jenem Morgen erschien er pünktlich und freundlich zur Arbeit.

Die er nachmittags um drei Uhr niederlegte. Ohne das Jackett vom Bügel zu nehmen, fuhr er nach Hause. Er brachte den Wagen vor der Garage zum Stehen, betrat sie, nahm den Einundzwanziger-Schlüssel aus dem Schubladenstock, eilte durch den Garten, stieg über den Zaun, trat an die Nachbarstür und klingelte. Der Nachbar erschien.

»Tut mir leid«, sagte er und hielt dem Nachbarn den Schlüssel hin. »Ich habe ihn vergessen. Er ist mir einfach aus dem Kopf gefallen. Bitte verzeihen Sie. Ich bin sonst nicht so.«

Der Nachbar nickte und nahm den Schlüssel entgegen.

»Es ist gut, einen kompletten Schlüsselsatz im Keller zu haben«, sagte der Nachbar.

Sie schauten sich an.

»Es ist noch etwas Erde übrig«, sagte er dann. »Wenn Sie möchten, helfe ich Ihnen beim Schippen.«

In der Nacht stand er am Fenster in Habachtstellung und blickte in den Garten, wo seine Giulia stand. Im Garten lag das Dunkel.

Jakobshöhe

Auf der herbstlichen Gewerbeausstellung. Ein Vertreter für Geräteentkalker spricht eine Besucherin an. Er nennt seinen Vornamen. Bereits sein dritter Satz ist ein Kompliment. Sie will ihn loswerden und glaubt, dies gehe am schnellsten, indem sie ihm eine kleine Flasche Entkalker abkauft. Zu Hause bemerkt sie auf dem Etikett seinen Namen, darunter eine Telefonnummer, mobil. Drei Tage hält sie sich still, dann schreibt sie eine Nachricht. Wieder fünf Tage später treffen sie sich in einem Café am Bahnhof. Dort bleiben sie eine knappe Stunde, bevor sie mit seinem Wagen auf die Jakobshöhe fahren. Er isst Wild, sie bestellt Kürbisragout. Auf dem Rückweg kurz nach halb zehn Uhr abends hält er seinen Wagen auf dem Parkplatz des Reservoirs.

In der Bahn sieht sie ihr Gesicht im Fenster gespiegelt. Bei der dritten Station steigt sie aus. Hier ist das Umland. Hinter dem Trafohäuschen nimmt sie die Abkürzung. Die Haustür schließt sie sachte auf. Zuhinterst im Korridor brennt Licht. Sie wäscht sich gründlich und ohne Hast. In der Finsternis des Zimmers schläft ihr Mann schwer. Morgens, als sie erwacht, ist er schon weg.

Im Versandhauskatalog bestellt sie ein Kostüm in smaragdgrün. Das ist ihre Kleidung, als sie an einem Tag darauf im selben Café wartet. Er erscheint mit leichter Verspätung und mit leichter Erkältung. Er bestellt nichts, sie trinkt aus. Im Wagen fehlt jetzt die Rückbank. Er habe Ware zu transportieren gehabt, deswegen. Nur ein Eiskratzer und ein Überbrückungskabel stören noch. Beides ist schnell verstaut.

Östlich von Kap Theodoros auf der Insel Kefalonia in Griechenland befinden sich die Meermühlen von Argostoli, lange ein großes Rätsel der Wissenschaft, weil niemand sich erklären konnte, wohin das Wasser verschwand, das dort mit großem Druck ins Erdinnere strömt. In seinem Buch über die Jahre auf den ionischen Inseln berichtet ein gewisser Viscount Kirkwall 1864 über seine Begegnung mit einem englischen Steuereintreiber namens Stevens, der seit über fünfzig Jahren auf der Insel lebte. Dieser Stevens habe eines Tages auf einem Spaziergang beobachtet, dass am Strand große Mengen Wasser mit ziemlichem Druck in Grotten verschwinden würden. Eine Erklärung für dieses merkwürdige Phänomen, das alle Gesetze der Schwerkraft zu missachten schien, habe Stevens weder gesucht noch gefunden. Seine Aufmerksamkeit galt alleine der Frage, wie er sich die Strömung zu Diensten machen könnte, und so begann er wenig später mit der Konstruktion einer Mühle, die er auf dem Land, das er von der englischen Besatzungsbehörde im Jahre 1835 in aller Eile gepachtet hatte, schließlich errichtete. Karl Bernhard Maximilian Wiebel, ein Professor der Physik und der Chemie am Akademischen Gymnasium in Hamburg, veröffentlichte im Jahr 1873 bei Meissner die erste deutschsprachige Studie zu diesem Phänomen, und dort schreibt er auf der Seite 111: »Sehen wir von den größeren eingeschlossenen Becken des Kasp- und Aralsees, des todten Meeres u.s.w. ab, so gelten jetzt in der Wissenschaft alle zusammenhängenden Meere der Erdoberfläche hinsichtlich ihres Wasserspiegels als ihre tiefsten Punkte, zu welchen alle fließenden Gewässer sich bewegen, um dort ihr Gleichgewicht zu finden. Dass nun hier auf der Landzunge von Argostoli Schlünde dem Meere gleichsam den Boden unter den Füßen wegziehen und es zwingen, sich in die verborgene Tiefe zu stürzen, darin liegt das Wunderbare dieser Erscheinung, welche sich bis jetzt einzig und allein auf diese Stelle der bekannten Erdoberfläche beschränkt.« Und ferner schreibt er: »Nehmen wir für beide Mühlen, in Ermangelung genauer Messung, auch nur 1.75 Millionen K.F.E. Salzwasser, welche hier täglich im Boden versinken, so wird die Frage nach deren Verbleiben mit Notwendigkeit in der Annahme eines Kreislaufes bestehen müssen, da ein endloses Verlieren in unbegrenzte Hohlräume mit der Begrenztheit unseres Erdballs in unvereinbaren Widerspruch tritt.«

Der Winter kommt früh in diesem Jahr. Um es im Wagen etwas warm zu haben, lässt er auf dem Parkplatz beim Reservoir den Motor laufen. Einmal wird deswegen eine Streife auf sie aufmerksam. Zwei Gestalten klopfen an die Fenster und beleuchten mit Stablampen ihre Nacktheit. Dann wird es wieder still und dunkel. Sie friert entsetzlich und kann kaum noch atmen. So will er sie nicht am Bahnhof lassen. Seine Wohnung liegt am anderen Ende der Stadt. Eine halbe Stunde verbringen sie schweigend. Hinter einer Tankstelle stellt er den Wagen zwischen mannshohe Stapel alter Pneus. Sie begreift auf der Stelle, was das soll.

Seine Wohnung ist eine Absteige. Ein Zimmer, Kochnische, durchgelegenes, ungemachtes Bett. Das Sofa schlammfarben, Plasmabildschirm, ein Bistrotisch mit zwei Stühlen. An der Wand die Serengeti. Sonst nichts.

Im Verlauf des Abends nennt er einige Zahlen. Darunter die ungefähre Dauer der anstehenden Lohnpfändung. Der bestimmte Tag seiner erwarteten Befreiung, ein Donnerstag im Spätjuli in drei oder fünf Jahren. Alles auf Franken und Rappen genau berechnet. Lächerliche Beträge, die ihn in die Knie zwingen. Nichts ist ihm gestundet. Er trägt das Joch, aber er trägt es stolz und aufrecht. Er redet und redet, verzweifelt, wütend, sarkastisch. Sie trinken einen kalifornischen Chardonnay. Einmal macht er eine Pause, zündet sich eine Zigarette an und starrt mit leerem Blick an die Wand. Es stört mich nicht, sagt sie, deine Geldgeschichten kümmern mich nicht.

Es stört sie tatsächlich nicht. Im Gegenteil. Sie steckt ihm Geld zu, keine großen Beträge, hier und da ein paar Scheine, um ihn flüssig zu halten. Einmal begleicht sie seine Miete und einmal die Krankenversicherung. Er räumt jetzt vorher auf, bevor sie kommt, macht morgens das Bett und stellt Blumen ein. Raucht weniger. Isst gesünder. Auch vor dem Tag seiner Befreiung wird er leben können.

Robert Hooke, jener englische Universalgelehrte, der das Prinzip der Elastizität in eine Formel brachte, ist zu jener Zeit seit über dreihundert Jahren tot. Sein Ut tensio, sic vis allerdings, das er aus Angst vor Spott und Diebstahl nur in der verschlüsselten Vokal- und Konsonantenfolge »ceiiinossssttuu«

aufzuschreiben wagte und das die Dehnung mit der Kraft in eine Beziehung setzt, bleibt bis in unsere Tage wirksam: Eine äußere Krafteinwirkung auf einen Festkörper führt zu einer Deformation desselben, die proportional zu dieser ausgeübten Kraft ist. Das Verhältnis zwischen Kraft und Deformation bezeichnet man als Elastizitätsmodul, eine Größe, die für jedes Material charakteristisch ist.

Kurz vor Weihnachten, oder kurz danach, jedenfalls noch im alten Jahr, bekommt ihr Mann Wind von der Sache. Sie bestreitet nichts und ist erstaunt über seine Heftigkeit. Er trinkt zwei Dosen Bier, flucht von der Küche in die Stube, nimmt drei Schlucke aus der Cognacflasche, knallt die Tür, steigt in den Wagen und fährt in eine Kneipe im Nachbarort. Dort trinkt er sich bis zur Polizeistunde einen schweren Rausch an.

Er ist vernünftig genug, den Wagen stehen zu lassen. So lange er auf der Hauptstraße bleibt, kann er sich an die Kandelaber halten. Aber aus irgendeinem Grund schlägt er sich beim Reitsportzentrum links in das Vorholz, wahrscheinlich, weil er durch das Ried abkürzen will. Am frühen Morgen findet ihn ein Irish Setter und schlägt an. Bald darauf ist die Polizei da und kurze Zeit später die Ambulanz.

Drei Wochen bleibt er im Krankenhaus, dann wird er mit hoffnungsvoller Prognose entlassen. Die Arbeit nimmt er bald wieder auf, aber ohne Freude. Tagelang sitzt er an seinem Platz und bewegt sich nicht. Irgendwann findet er mit dem Betrieb ein gegenseitiges Einvernehmen. Die Abfindung für siebzehn Jahre Arbeit reicht für eine Weile.

Er verbringt sie zum besten Teil in der Küche. Manchmal kocht er eine Kleinigkeit. Manchmal ist sie da und manchmal nicht. Man findet einen Weg, aber der alte Spaß ist irgendwohin verschwunden und niemand hat Lust, nach ihm zu suchen.

Unter Kalk versteht man in der Chemie die Sauerstoffverbindung vom Kalzium, also das Kalziumoxyd. Der alltägliche Sprachgebrauch bezeichnet mit diesem Wort auch den ungebrannten Kalk, das Kalziumkarbonat. Das Karbonat kommt in der Natur mehr oder weniger verunreinigt vor, als Kreide, Kalkstein und Kalksinter. Sehr reine Kalkformen nennt man Kalkspat oder Marmor. Ätzkalk entsteht, wenn man gewöhnlichem Kalkstein in gemauerten Öfen die Kohlensäure austreibt, was mit großer Vorsicht und unter Einhaltung der korrekten Temperatur zu geschehen hat. Bei zu großer Hitze findet eine teilweise Schmelzung oder sogar Verglasung statt, und alles, was man erhält, ist totgebrannter Kalk.

Was geschieht danach? Jemand stirbt. Aber wer? Antwort: Alle sterben. Die Frage bleibt nur, in welcher Reihenfolge. Falls die Frau die Erste ist, bleiben zwei trauernde Männer zurück. Falls es einen der Männer trifft, bleibt ein Glück möglich. Für wie lange?

Malinois

Bald werde ich zweiundvierzig Jahre alt, und meine Existenz ist seit dem Tag meiner Geburt ohne Lücke. Ich war immer erreichbar, in jeder dieser einskommadrei Milliarden Sekunden hat man mich irgendwo antreffen können, ich habe mein Dasein keinen Augenblick geschwänzt, nicht eine unentschuldigte Absenz führt der Rodel meines Lebens, und ich frage mich, ob man mir irgendwann die goldene Uhr überreichen wird, mit der man die Abgänger belohnt, die keine Lektion verpasst haben.

Ich habe also jenes Alter erreicht, von dem man wenigstens bei Männern behauptet, es sei das Beste. Mit meinem Wuchs war ich die meiste Zeit meines Lebens zufrieden, auch wenn mir zu einer unangreifbaren Statur jener Zentimeter fehlt, der die ein Meter achtzig erfüllen würde und den ich mehr als einmal, als ich für solche Dreistigkeiten noch zu haben war, einfach hinzuerfand, jener Zentimeter, der von gutgläubigen Beamten auf den Gemeindebüros, in den Straßenverkehrsämtern und in militärischen Schreibstuben vertrauensselig in die entsprechenden Dokumente gesetzt wurde. Und mehr noch als das erschlichene Gardemaß freute mich die Fehlerhaftigkeit der Urkunde. Eine kleine Rache vielleicht an jenen, die mir in meiner Kindheit einen anderen Namen verpasst hatten, den Namen eines Fremden, mit dem ich nichts zu tun hatte, der mir seinen französischen Namen übertrug und den sie in die Schulzeugnisse setzten.

Mit meiner Physiognomie bin ich im Reinen, mit Ausnahme der Zähne vielleicht, die von einer lamentablen Beschaffenheit sind und die mich fühlen lassen, dass sich mein Lebenskreis, sollte es nach der Evolution gehen, bald einmal schließen müsste. Länger als vierzig Jahre sollte kein Mensch mit einem solchen Gebiss zu leben haben. Diese Zähne haben mich einiges gekostet, auch wenn ich zugeben muss, dass sie manches zurückerstattet haben in jener Währung, die man Erfahrung nennt und mit der letzten Endes jede Tasche gefüllt wird, auch jene der Verzweifelten. Und obwohl ich gehört habe, es gebe kein nobleres Territorium als jenes der Resignation, bleibt mir dieser Trost zu wohlfeil. Es muss erst gestern gewesen sein, da ich in einem Stapel ungeordneter Papiere einen Kostenvoranschlag für die Sanierung meines Gebisses gefunden habe, die Gültigkeit seit Jahren verstrichen. Die doppelt unterstrichene Zahl war fünfstellig, und es war mir, als sähe ich wieder diesen durch und durch vertrauenswürdigen Dentisten mit dem künstlichen Haarschopf, der so schief auf seinem Kopf lag, als habe er einen Zweijährigen zum Frisör, wie er mir mit einem sorgenvollen Ausdruck den Umschlag überreichte und zu verstehen gab, dass ich das zumindest von meinem Leben noch erwarten darf: drei Implantate aus Platin und Iridium, die man mir nach einem, wie ich gehört habe, einigermaßen blutigen Sinuslift, wie man die in meinem Fall notwendige und vorbereitende Operation nennt, in den Kiefer rammen wird, damit ich all die leckeren Wienerschnitzel, Vierkornbrote, Gemüsepasteten, Hühnerfrikassees und Pekannüsse, all die Frühlingsgenüsse, Sommerkompositionen, Herbstbouquets und Winterkreationen, die die Restauration für einen Mann meines Einkommens bereithält, zu ordentlichem Nahrungsbrei zerkauen und einspeicheln kann, auf dass mir die Kohlenhydrate, Eiweiße, Oligomineralien und Spurenelemente zu einem allgemeinen Wohlbefinden verhelfen. Letztlich haben wir Zeitgenossen keine andere gesellschaftliche Verpflichtung mehr, als eine ausgewogene, genussvolle und moralisch einwandfreie Ernährung sicherzustellen, und vielleicht hat mich neben der unverschämten Summe auch die Idee, dass der Unterhalt meines Kauapparates nicht in erster Linie eine medizinische, sondern eine politische Notwendigkeit sei, davon abgehalten, mir jene Implantate in die Kinnlade setzen zu lassen, die dort als Werkzeuge und gleichzeitig Zeugen meines modernen Bewusstseins bis ans Ende meiner Tage ihren Dienst versehen und über meinen Tod hinaus nicht verrotten noch im Ofen schmelzen, sondern am Grund des Sarges oder alsbald in einer Urne liegen werden, wie Nägel in der kalten Asche einer im Garten verbrannten Holzbohle.

Ich habe nun einige Kontinente gesehen und einige Schicksalsschläge erlitten, ich habe Kasachstan gesehen und Kirgistan, daneben Schweden und Polen, Ungarn, Tschechien, Großbritannien, Italien, Spanien, Frankreich, Argentinien und noch einige Länder mehr, ich habe meinen Fuß mindestens einmal in jeden der Kantone meines Heimatlandes gesetzt, vielleicht darf ich sie hier einmal nennen, Schaffhausen, Sankt Gallen, Appenzell beider Rhoden, die Basler Halbkantone, Solothurn, das Tessin, Unterwalden, und zwar ob und nid dem Wald, womit ich es dann doch lieber bewenden lassen will, aber ich habe keine Erinnerung daran, wie meine Mutter mich wusch, ich kann mich nicht erinnern, ob sie mir jemals die Nase putzte, die Haare kämmte oder meine Nägel schnitt. Ich habe ebenfalls vergessen, wann ich dies vergessen habe, ich weiß nicht, wie ich es vergessen habe, ob es einen bestimmten Tag gegeben hat, an dem ich noch eine Erinnerung daran besaß, ob es irgendwann einen Dienstag gab, an dem ich noch hätte darüber Auskunft geben können, über den Duft der Seife, die Farbe des Waschlappens undsoweiter, und ob es einen darauffolgenden Mittwoch gab, an dem dies alles verschwunden war. Und was müsste zwischen diesen Tagen geschehen sein, was war es, das mich in jenen Stunden verwandelt hat?

Oder war es so, dass sich die Erinnerung allmählich auflöste, Empfindung für Empfindung abgewaschen wurde, ich zuerst den Ort vergaß, dann die Zeit, den bestimmten Morgen, den gewissen Abend, schließlich, wie das Wasser sich anfühlte, wie eben die Seife roch, die Hand beschaffen war, die mich gehalten haben muss, vermutlich am Oberarm, damit ich mich den Berührungen nicht entziehen konnte? Aber wie könnte das sein? Erinnerungen sind Fragmente einer größeren Wirklichkeit, doch in sich sind sie vollständig, es lassen sich keine Teile daraus lösen. Und warum, nebenbei gefragt, hat sich mein Hirn entschlossen, ausgerechnet diese Erinnerungen zu löschen? Welche Notwendigkeit bestand darin? Andere, viele, lächerlich viele, sind mir geblieben, nicht bloß als Bild, sondern als lebendige Empfindung, und ich kann nicht sehen, welches System in Erhalt und Auslöschung zu finden ist. Die lose Bodenplatte im Korridor verrutscht unter meinem Fuß, sooft ich in meiner Erinnerung auf sie trete, und die Zementkrümel, die sie hätten halten sollen, knirschen weiterhin, auch jetzt. Warum sollte ein cremefarbenes Linoleumquadrat in einem längst abgerissenen Haus wichtiger sein als die Hand einer Mutter? Welcher Tyrann herrscht über mein Gedächtnis, nach welcher Gesetzgebung bestimmt er über meine Erinnerung und damit über mich? Ich scheine in der Hand eines Despoten zu sein, und alles, was ich bin und was ich sein kann, unterliegt seiner Willkür.

Ich sehe dich, meine Liebste, ich küsse deine Lippen, ich weiß, wie sich deine Hüften anfühlen und wie dein Busen, und ich weiß, dass ich keinen weiteren Augenblick ohne diese Empfindung mehr leben will, aber ich frage mich, ob ich dich nicht besser von einer Lebensnotwendigkeit zu einer Nebensächlichkeit degradieren sollte, damit du so bedeutungslos wirst wie jene Linoleumplatte und die Erinnerung an dich lebendig bleibt, auch wenn ich dich verloren haben werde.

Welche Länder lohnen sich noch zu erforschen als die inneren Kontinente, und welche Geschichte sollte noch erzählt werden als die Geschichte unseres Bewusstseins, der Erinnerung und des Vergessens, welche Konstruktion sollte sich noch mit Gewinn studieren lassen als der Bau jener Phantasmen, die ungefragt an die Pforten der Wahrnehmung klopfen? Und was anderes sollte noch zu erzählen sein als die Mechanik der Heimsuchungen, der Bilder, die dann und wann auftauchen und einem Geschehen in der Zeit zu folgen scheinen, das ich nicht ordnen kann. Ich habe vergeblich versucht, in ihnen eine Erzählung zu finden. Vermutlich, so bin ich mittlerweile zum Schluss gekommen, enthalten diese Bilder keine Dramaturgie, oder die Erzählung wäre gerade darin zu finden, warum diese Bilder nicht zusammenfinden wollen. Möglicherweise liegt es aber einfach nur an meiner eigenen Dummheit, eine Eigenschaft, die auch ich von Mal zu Mal aus Eitelkeit zu unterschätzen Gefahr laufe.

Trotzdem: im Land meiner Vorstellung bin ich der einzig Sehende, und ich kann als einziger von jenem weißgetünchten Zimmer berichten, ich bin der einzige Zeuge jenes Tages im November, ein Tag mit hoher Luftfeuchtigkeit, an dem etwas in der einsetzenden Dämmerung seinen Anfang nimmt, gegen halb fünf Uhr abends, und ich weiß nicht, warum ich einen Mann in diesem Zimmer stehen sehe, einen schweren Mann in einem für die Jahreszeit zu leichten Hemd, einen Mann mit einer großen inneren Hitze, der wie festgeschraubt in der Mitte des Zimmers steht, links von ihm ein alter Eichenschrank, der in dieser Geschichte keine weitere Rolle spielen wird, bloß einen Hinweis auf den Beruf des Mannes gibt und die Atmosphäre beschreibt, in der er haust, genauso wie die schlicht gezimmerte Bettstatt in seinem Rücken, die Laken darauf weiß und zerknüllt, ungemacht. Die Wände hell getüncht, das Ganze hat etwas Zellenhaftes, nicht die Zelle eines Kerkers, eher die Klause in einem Kloster.

Irgendwann hebt der Mann ein Telefon an ein Ohr, ohne dass dieses Telefon geklingelt hätte, jedenfalls ist das Klingeln kein Teil des Eindrucks, im Gegensatz zur Stimme aus dem Lautsprecher, von der ich nicht sagen kann, ob sie männlich oder weiblich ist, vielleicht, weil ich die Stimme nicht höre, nicht als akustischen Eindruck, sie besteht eher aus einem Wissen, das dieser Mann und ich teilen. Der Alte, so heißt es kurz und bündig, sei nun gestorben, und er könne das Teil haben, falls er den Preis in bar zu zahlen bereit sei. Der Mann antwortet nichts, er bleibt stumm, und es wäre noch die Statur anzufügen, die gedrungen ist, kräftig, runde Schultern, ein Körper, der in Hitze ist, vielleicht daher die leichte Kleidung, die aus Leinen sein könnte.

Im nächsten Moment sitzt der Mann hinter dem Steuer

eines Lieferwagens, von dem ich mit erstaunlicher Überzeugung sagen kann, dass es sich um einen weißen Fiat Ducato handelt. Der Mann verlässt die Stadt, so viel ist sicher, in welche Richtung er fährt, allerdings nicht. Für Osten spricht einiges, aber gleichzeitig gibt es Anzeichen dafür, dass er in französischsprachige Territorien fährt. Jedenfalls regnet es, es ist November, was mir etwas abgeschmackt erscheint, der Totenmonat, die Düsternis, der Nebel und der Nieselregen: auf all dies könnte man getrost verzichten, ebenso wie auf die beiden Scheinwerfer, die Lichtkegel aus der Dunkelheit schneiden. Doch das Bild ist dergestalt, und man mag sich mit der Aussicht trösten, dass diese Abgeschmacktheit nicht alleine bleiben wird. Die Fahrerkabine ist in Unordnung, die Innenseite der Windschutzscheibe schmutziger als die Außenseite, was von den Zigaretten rührt, die der Mann natürlich, wie könnte es anders sein, in Kette raucht. Zur Verteidigung meiner Imaginationskraft kann ich die Marke vorbringen, es ist eine Leichte, sogar eine Ultraleichte, mit weißem Filter, Zigaretten, die man einer Frau zugetraut hätte, nicht diesem robusten Kerl.

Und ich sehe, wie er nach einer Fahrt, von der ich nicht genau sagen kann, wie lange sie gedauert hat, vielleicht zwei, vielleicht drei Stunden, wie er vor einem Haus hält, einem alten Gehöft, das keinen Bauern mehr ernährt, in dem die Ställe leer stehen und das Tenn geräumt ist. Der Mann geht über eine gepflasterte Vorfahrt auf eine hell erleuchtete Tür zu und wird darauf in eine Stube geführt, ich glaube, von einer Frau, obwohl auch das unsicher ist, sicher ist, dass er gleich beginnt, einen Geschirrschrank auseinanderzunehmen, und ich sehe, wie er das Kapitel aus den Dübeln hebt, wie er aufpassen muss, dass dabei die Türen nicht aus den Scharnieren fallen, er hat nur zwei Arme, schließlich, und er muss sich mit seinem Kopf behelfen, mit dem er die Türen stützt. In diesem Haus ist niemand bereit, ihm auch nur für eine Minute zur Hand zu gehen, er ist also auf sich alleine gestellt, und vielleicht ist dies der entscheidende Begriff im Zusammenhang mit dieser Gestalt, die Einsamkeit, aber vielleicht ist dieses Bild auch nur Ausdruck für die Verachtung, die man ihm entgegenbringt, diesem Leichenfledderer, der den Tod abwartet und die Liquiditätsengpässe der Hinterbliebenen, die antike Kostbarkeiten zu einem lächerlichen Preis an ihn verhökern müssen, um etwas Spielraum für die anstehenden Unkosten zu haben.

Er trägt also, dieser schwere Mann, die Schrankteile in seinen Wagen, der übrigens, habe ich das gesagt?, weiß lackiert und von Rostblattern durchsetzt ist. Und er und ich wissen, wie oft er schon gedacht hat, dass die Lebensdauer dieses Wagens gleich der Lebensdauer seiner Unternehmung ist, er seinen Betrieb nur noch so lange aufrechterhalten wird, bis dieser Fiat Ducato seinen Geist endgültig aufgibt. Er wird keinen weiteren Franken in den Unterhalt stecken und sich keinen neuen Wagen kaufen, was auf der einen Seite als vernünftiger Entschluss betrachtet werden kann, da seine Geschäfte schlecht gehen, oder, um es deutlicher zu sagen, eigentlich überhaupt nicht mehr gehen, weil sich niemand mehr für alte Möbel interessiert, oder besser gesagt, sich niemand mehr mit dem Konzept anfreunden kann, einmal in jungen Jahren eine große Summe für das Mobiliar auszugeben und dann bis zum Tod in denselben Schränken, Tischen, Betten zu leben: auf den ersten Blick vernünftig, ja, aber auf den zweiten Blick verzweifelt, und er hat sich in der letzten Zeit häufig die Frage gestellt, was es eigentlich noch ist, das ihn morgens aus dem Bett hinaus in den Tag treibt, wo keine Stürme des Schicksals ihn vor sich hintreiben, bloß die ablandigen Kreuzwinde des Alltags mit ihm spielen.

Und ich kann von jenem langen, schlauchartigen Gang berichten, durch den unser Mann nun also diese Teile trägt, Kapitel, Wände, Türen, und ebenfalls klar ist, dass er seine rechte Schulter mit einem Handtuch schützt, das zur festen Ausrüstung gehört, einem blassblauen Lappen, schmutzig, selbstverständlich, und ich weiß, dass er jener Person, von der nicht eindeutig zu sagen ist, ob es sich um einen Mann oder eine Frau handelt, den ausgemachten Betrag in die Hand drückt, bevor er dann das Schubladenelement als letztes Teil in den Wagen tragen will.

Und noch in der Stube vernehmen wir beide das Geräusch im Innern der Schublade, das Geräusch von etwas Schwerem, dessen Ursache dem Mann im selben Augenblick klar wird, weswegen er sich nicht wie bei anderen Gelegenheiten freut, mit dem getätigten Kauf in den Besitz einer vergessenen Kostbarkeit zu kommen.

Hier erstarrt er, das Gerumpel dröhnt in seinen Knochen, und die Schublade auf seiner Schulter wird schwer und der Korridor lang. Man könnte nun, hegte man einen Sinn für Allegorien oder für kulturgeschichtliche Parallelen, das Bild von Oforus bemühen, jenem Fährmann ohne Fähre, der eines Tages das Christuskind über den Fluss trägt, eine Last, die ihn beinahe in die Knie zwingt. Das Bild wäre nicht gänzlich unpassend, stimmen würde es im Hinblick auf das Gewicht, das dieser Mann zu tragen hat, denn der Schubladenstock ist leichter als etwa das Kapitel und auch leichter als der Schrankfuß, in Kilogramm gemessen leichter, und doch drückt ihn die Holzlade in den Boden, wie es die anderen Teile nicht vermocht haben. Nicht stimmen würde das Bild allerdings, weil der Mann keinen Namen trägt, keinen neuen erhält und ebenfalls nicht gesegnet wird; nicht stimmen, weil er, entgegen der Legende, sehr wohl weiß, was da auf seinen Schultern lastet, obwohl er keinen Blick in die Schublade geworfen hat, in diesen Schacht, in diesen Abgrund, wie man es wohl bezeichnen muss, selbst dann nicht, als er das Möbelteil schließlich in den Laderaum gehievt und auf die Wolldecke gelegt hat, übrigens im Bewusstsein, auch für diesen Schrank keinen Käufer zu finden und ihn, falls er den nächsten Morgen erleben sollte, zu den anderen in die bereits bis an die Decke mit Möbelstücken gefüllte Garage wird stellen müssen, mit der gleichen Haltung, die ihm seine Tätigkeit nicht mehr als Folge eines Geschäftssinns, sondern als Beibehaltung einer Routine erfüllen lässt. Unser Mann schaut nicht in diese Schublade, auch als er beim Absetzen das gleiche Gerumpel noch einmal vernimmt, und obwohl an dieser Stelle nun verraten werden könnte, was sich darin befindet, muss es hier vorerst ein Geheimnis bleiben.

Denn noch bevor der Mann den Blick in die Schublade wagt, setzt er sich hinter das Steuer, im aufkommenden und stereotypen Novembersturm, der in die Bäume der Vorstellung fährt, an seinem Fiat Ducato zerrt und rüttelt, bis er sich schließlich geschlagen gibt und bei einem Gasthof hält, sich in den Schankraum setzt, und kurz bevor die Küche schließt, einen Kartoffelsalat und ein großes, mit einem Fettrand versehenes Stück Beinschinken bringen lässt, nichts als ein Vorwand für das Bier, den Wein und den Schnaps, die er in dieser Reihenfolge bestellt und trinkt. Und er will nicht mehr hinaus zu seinem Wagen, er will die Schublade nicht öffnen, und er bestellt noch einen Gebrannten und weiß, dass er in diesem

Zustand nicht mehr wird fahren können, und da es nun keine Rolle mehr spielt, bestellt er sich einen weiteren Schnaps, den ersten, der nicht mehr in der Kehle brennt. Die Gaststube verliert nun jede dreidimensionale Tiefe, die Wände und Bilder an den Wänden, die Tische und die Menükarten auf den Tischen, die Vitrine und die Schützenwimpel und Zinnbecher in der Vitrine, alles zieht auf einer Ebene über den Hintergrund seines Auges, direkt durch sein Gehirn, ohne dass er es noch betrachten müsste. Er steht dann, und das wäre das nächste Bild, lange nachdem der Koch sich in den Feierabend verabschiedet und die Serviertochter die Tür geschlossen und die Lichter gelöscht hat, in der Dunkelheit des Lieferwagens, leicht nach vorne gebeugt, die Hand über dem Schubladenknauf, er zittert noch, bevor er die Schublade öffnet und hier wechselt das Bild abermals, zu einer Frau in einer Küche, die mit angezogenen Beinen auf einem Tisch sitzt, im Licht einer blakenden Kerze, die fahrige Schatten an die Wand wirft. Die Frau aber, vollkommen reglos, verängstigt, ist nicht allein in ihrem Haus, eine Kreatur, eine Ausgeburt der Nacht streicht durch die Zimmer, sie kann den Atem und die Krallen auf den Fliesen hören, die Ausdünstung riechen, süßlich, modrig, und manchmal huschen grüne Augen an der Tür vorbei, ein Wesen aus den Anfängen der Welt.

Und früher noch, am Vortag vielleicht, sah ich die Frau in derselben Küche stehen und einen Teig zubereiten. Früh hat sie damit begonnen, kurz nach Tagesanbruch. Bei ihr dauert alles länger, denn sie ist mit jedem Teil des Universums verbunden, sie fühlt sich jedem Molekül verantwortlich, berührt jedes Mehlstäubchen, vermengt es mit der Milch und der Butter, sie zählt die Rosinen, ordnet sie in Gruppen und weiß von jeder, warum gerade sie in diesen Teig gehört. Sie hat sich selbst im Glanz des Eigelbs gespiegelt gesehen, und so kommt auch ihr Gesicht in diesen Teig, ein Gesicht, in dem alles an der richtigen Stelle ist, für jeden von uns in der vollkommenen Harmonie aufgeht, jeder von uns sieht die Linien im Einklang mit den Flächen, die Farben mit den Formen – mit einer widerspenstigen Ausnahme, und ich kann leider keine genaueren Angaben darüber machen, ob sie vielleicht ein schlaffes Lid hat, ein Feuermal auf der einen Wange, eine Hasenscharte, schiefe Zähne, Bartbewuchs und was wir Kleingeister alles als Deformation oder zumindest als Makel begreifen. Die Dorfbewohner sind froh um diesen Fehler, er hilft ihnen, die Frau als das zu sehen, was sie zu sein hat, verrückt, abseitig und mit dem unverdienten Glück gesegnet, einen Mann gefunden zu haben, der für sie sorgt bis zur Selbstaufgabe, auf Nachkommen verzichtet, weil aus einem solchen Schoß nur unter Verstoß des Sittengesetzes eine Brut gezogen werden kann. Man rätselt im Dorf, ob die beiden verheiratet sind, weil man nicht weiß, ob eine solche Person heiratsfähig ist, man vermutet aber, dass ihr Mann seine Würde daraus bezieht, der Frau Begleitschutz zu geben und sie durch die Zeit zu führen, von Jahr zu Jahr in das Alter hinein, gesund zu bleiben, damit er eines Tages an ihrem Grab stehen und sich davon überzeugen kann, dass die Welt möglichst wenig mit ihr in Berührung gekommen und heil von ihrer Ansteckung geblieben ist, er wird sie ein Leben lang in Quarantäne halten,

und an jenem Nachmittag, der jener angstvollen Nacht in der Küche voranging, soll er, ich weiß nicht, warum, von seiner Ortspartei zum Vorsitzenden gewählt werden, und ich sehe, wie die Frau plötzlich und unangemeldet in der Mehrzweckhalle steht. Ich sehe die Szene aus einer Position hinter der Frau, aus ungefähr drei Metern Höhe, sehe, wie am andern Ende der Halle, an der Stirnseite, der neue Vorsitzende, der übrigens beinahe kahlköpfig ist, zwischen seinen Gefährten sitzt, was der Logik widerspricht, denn falls es eine Parteiversammlung ist, müssten Wähler zugegen sein, aber da sitzen nur ein Dutzend Menschen, wie die Jünger natürlich, die nun schlagartig verstummen und in unsere Richtung schauen, peinlich berührt, betreten, da sie die Frau mit ihrem Kuchen erblicken, ein unförmiger, mit Puderzucker und einer Kerze verzierter schwärzlicher Haufen, der jenem Eisenmeteorit ähnelt, den ich einst in einer geologischen Ausstellung bewundern durfte, hoch über ihrem weißbestäubten, mit Zucker und Butter und Schokolade verklebten Kopf hält sie ihn, als wäre es der Kelch mit dem Blute Christi, die Gabe zur Feier ihres Mannes, der von nun an nicht nur ihre, sondern auch die Geschicke der hiesigen Parteigänger leiten wird. Und später an jenem Tag sehe ich die beiden irgendwo miteinander im Gespräch, vielleicht in einer Laube, vielleicht bei einem Glas Süßmost, wobei die Frau nichts sagt, sondern ihrem Beschützer lauscht, der ihr mitteilt, dass er heute noch in die Hauptstadt reisen werde, in seiner neuen Funktion zur Delegiertenversammlung fahren müsse und er den Malinois in ihrer Obhut lassen werde, für achtundvierzig Stunden, Worte, die sie erstarren lassen, und jetzt also, in diesem Augenblick, sitzt sie auf ihrem Tisch in der Küche, lauscht dem Ungeheuer, wie es durch die Zimmer irrt auf der Suche nach seinem Gott, von dem es sich verlassen fühlt, und in der Mitte dieser Nacht, in der sich die Frau nicht bewegt und auf dem Tisch sitzend eingeschlafen ist, erwacht sie, als die Kerze längst erloschen ist, und weiß, sie ist alleine, das Tier ist nicht mehr im Haus, es hat seine

Suche draußen fortgesetzt, im Garten, auf den Feldern und vielleicht auch in den Wäldern,

wo zur gleichen Zeit der Mann seinen Lieferwagen durch die feuchten Schwaden dieser bereits sattsam bekannten Novembernacht steuert und sich fragt, wo er sich die Kugel vor die Stirn setzen soll, die Kugel, dieses Geschenk, diese Preziose, die er im Magazin der Luger gefunden hat, und ich wünschte, es könnte ein anderes Modell, es müsste nicht diese langläufige mattschwarze Waffe mit dem Griff im Waffelmuster sein, die in der Schublade auf ihn gewartet hat, niemand weiß, wie lange, und die erstaunlich schwer in seiner Hand lag, obwohl nur eine einzige Kugel im Magazin lag. Und er und ich haben das bleierne Projektil gesehen, gefasst von der Hülse aus Messing, und so fährt er, mit seinem neuen Schmuckstück auf dem Beifahrersitz, und sucht sich eine Bucht, da er seinen Wagen halten und seiner Existenz ein Ende bereiten kann, in dieser Nacht, in der die Sicht keine zwanzig Meter beträgt. Tannen mit reflektierenden Bauchbinden stehen Spalier, von den Ästen tropft schwer das Wetter, und auf einmal wird der Wald licht, der Himmel reißt auf, er fährt im Mondschein über eine Ebene, in einer Senke lauert ein Teich und einige Weiden hängen ihre Wipfel tief über das Wasser, und er und ich, wir denken beide, dass die Existenz eine Rechtfertigung fände, könnte man alle Tage mit diesem Blick auf die Welt schauen,

und da, in diesem Moment, ein Zusammenstoß, er fühlt einen Schlag, bringt den Lieferwagen zum Stehen, steigt aus und sieht im Licht der Scheinwerfer einen Hund halb unter dem Rad liegen, eingeklemmt, den rechten Lauf und die Hüfte zerschmettert, Blut auf der Straße und noch etwas anderes, Weißliches, und im nächsten Augenblick taucht eine Frau auf, kaum bekleidet, beugt sich über den Malinois, ohne ihn zu berühren. Der Mann beugt sich mit ihr über das sterbende Tier, und noch bevor er sich entschuldigen und zu einer Rechtfertigung anheben kann, legt die Frau schon ihre Hand mit einer segnenden Geste auf seinen Kopf, flüstert Worte der Dankbarkeit und der Erlösung in das blendende Licht eines Fiat Ducato, auf dessen Ladefläche sie nun das schwer atmende, ansonsten völlig ruhige Tier hieven und schließlich in die Führerkabine klettern. Und nachdem die Frau, die vermutlich Gummistiefel trägt, deren Schaft sie abgesäbelt hat, ein weites Hemd über schmutziger Unterwäsche, nachdem sie die Luger vom Sitz genommen und in das Handschuhfach gelegt hat, spürt der Mann, wie eine Erektion seine Hose füllt, und er spürt, wie die Frau diese Empfindung teilt und dabei lächelt, und ich kann nicht sagen, wo genau sich der Raum befindet, in den sie das Tier ein wenig später bringen, aber mir scheint, er habe auf der einen, von mir aus gesehen rechten Seite, eine Glasfront, und ich bin ziemlich sicher, dass irgendwo eine Waschmaschine stehen muss, denn es gibt mindestens zwei Kleiderhaufen. Auf den einen betten die beiden Menschen, Mann und Frau, das Tier. Und der Mann macht Anstalten, sich um den Hund zu kümmern, aber die Frau bedeutet ihm, dass etwas anderes seiner Aufmerksamkeit bedarf, und während der Malinois krepiert, während die Stunden und Tage der Abrichtung verloren gehen, ziehen sie sich aus, der Mann und die Frau, legen sich in die schmutzige Wäsche und lieben sich, und ich sehe, wie eine Hand ein Handgelenk umfasst und ich weiß, dass die beiden nicht voneinander lassen werden, bis der Hund verblutet ist und ihre Feier der Lebendigkeit, ihr Tanz um das Mysterium des Begehrens kein Ende finden wird, solange ein Lebenswille in diesem Tier ist, und ich weiß, dass darüber die Nacht vergeht und der Morgen dämmert, der nun durch die auf der rechten Seite meiner Vorstellung sich befindende Fensterfront auf die beiden Liebenden fällt, den Hund aber noch im Schatten lässt, und man mag sich diesen Wettstreit zwischen dem Hund und dem Mann durchaus komisch vorstellen, der Kampf zwischen der Erektion und der Zähigkeit, mit der dieser Malinois an seiner Existenz festhält und den Mann nicht aus seinem Begehren entlässt, bis ihm schließlich die Luger einfällt und er hinaus zum Wagen eilt, nackt, blinzelnd, die Waffe ergreift und dabei lacht, weil er einen Weg gefunden hat, am Leben zu bleiben und er sich geirrt zu haben glaubt, wenigstens für die Zeit, die er braucht, um zurück an den Ort seiner vermeintlichen Rettung zu kommen, wo der Ortsvorsitzende steht und nicht weiß, was seiner Aufmerksamkeit dringender bedarf, der röchelnde Malinois, seine selig lächelnde Frau, die in einem von Sperma und Vaginalsekret fleckigen Kleiderhaufen sitzt, oder vielleicht doch jener Kerl mit der Luger in der Hand und dem Erstaunen darüber im Gesicht, wie unsicher es plötzlich geworden ist, wem diese Kugel gehört, dem sterbenden Tier, der seligen Frau, dem unnützen Ortsvorsitzenden oder ihm selbst, dem eben noch Geretteten, der jetzt zögert, welcher Empfindung er im Augenblick ihrer Vollendung mit der einzigen Kugel ein Ende bereiten soll, dem Zorn, der Verwirrung, dem Schmerz oder dem Begehren.

Was ist ein Hund?

Sie schenkte ihm einen Hund. Er fragte: Wo hast du das Tier her? Diese Frage kränkte sie, doch sie antwortete: Von einer berühmten Züchterin. Sie führt einen ausgezeichneten Zwinger und prüft jeden, der einen ihrer Hunde will, auf das Genaueste. Längst nicht jeder erhält einen, und dabei kosten die Hunde ein Vermögen. Er wusste, dass er ihre Absicht falsch auslegte, und bedankte sich gleichwohl ausdrücklich für die Kostbarkeit. Sie nickte und war noch tiefer gekränkt, er fühlte es und hasste jemanden, ob sich, ob sie, ob den Hund, das wusste er nicht. Der kleine Kerl hat bestimmt Durst, meinte er, ging in die Küche und kam zurück mit dem geblümten Suppenteller. Der Alltag hatte den geblümten Teller ihr zugewiesen, obwohl sie ihn nicht besonders mochte. Er braucht einen Napf, sagte sie, als er dem Hund ihren Teller hinstellte. Möchtest du den Teller zurück?, fragte er. Ich mag den Teller nicht besonders, antwortete sie. Trotzdem isst du immer daraus, sagte er und war erstaunt, dass in seiner Stimme so viel Erstaunen lag, denn eigentlich verstand er genau, dass etwas auch ohne Liebe zur Gewohnheit werden konnte. Er stellte den Teller auf den Boden. Der Hund soff. Er hat ein blaues Maul, sagte er. Das ist die Rasse, sagte sie, sie stammt aus China. Er braucht tatsächlich einen Napf, sagte er, als er sah, wie der Hund sich beim Trinken anstellte. Einen Napf und einen Namen.

Später kauften sie gemeinsam einen Napf, aber einen Namen für das Tier fand er lange nicht. Du solltest dem Hund bald einen Namen geben, meinte sie, bald ist er zu alt und er wird sich nicht mehr daran gewöhnen. Er nahm es sich zu Herzen, doch fiel ihm kein Name ein, und was ihm einfiel, fand er albern. Der Hund passte nicht zu ihm, das war das Problem, das Viech war zu kostbar und zu still. Ich finde keinen Namen, antwortete er und bat sie, bei der Suche zu helfen. Sie wusste einen Namen, der ihr gefiel, doch schmerzte sie, dass er keinen fand, und sie antwortete: Das wäre nicht recht, es ist schließlich dein Hund.

Irgendwann las er in der Zeitung über andere, ihm fremde Hunde, die man ausgesetzt gefunden hatte und die jetzt einen Menschen suchten. Einer jener Hund hatte eine weiße Blesse. Das wäre ein Hund für mich, dachte er, diesen Hund kriegt man geschenkt, der kostet kein Vermögen, und still ist der bestimmt auch nicht.

Als sie ihn das nächste Mal auf die Sache ansprach, log er, behauptete, er habe einen Namen gefunden, und nannte den Namen des Hundes aus der Zeitung. Sie glaubte ihm, freute sich darüber, und war doch gleichzeitig jedes Mal, wenn sie den Hund mit diesem Namen rief, ein wenig gekränkt, denn es war ein Name, wie man ihn Hunden auf dem Land gibt, nicht einem kostbaren Hund aus China. Ich hätte einen Namen gewusst, dachte sie, und er, jedes Mal, wenn er den Namen hörte, dachte, der Hund heißt nicht so, dieser Name ist der Name des Hundes mit der weißen Blesse aus der Zeitung.

Der Hund blieb ohne Namen, aber er wuchs trotzdem, suchte sich seinen Platz in der Wohnung, saß still neben dem Tisch, und oft fiel der Name und jedes Mal war er eine

Lüge und eine kleine Kränkung. Trost fanden sie erst, als sie erkannten, dass der Hund mit aller Wahrscheinlichkeit und etwas Glück vor ihnen sterben würde. Menschen werden älter als Hunde. Sie mussten einfach warten. Sie sahen dem Hund zu und übten sich in Geduld.

Nachbemerkung

Diese Erzählungen entstanden über einen Zeitraum von mehr als zwanzig Jahren. Einige sind unveröffentlicht. Andere wurden in Zeitschriften publiziert, die ihr Erscheinen eingestellt haben, oder sie waren Teil längst vergriffener Anthologien. Und manche haben nicht länger als einen einzigen Tag gelebt; sie verschwanden mit den Zeitungen, in denen sie abgedruckt wurden.

Für diese Ausgabe habe ich die Texte kaum überarbeitet, bloß die gröbsten Schnitzer ausgebessert, einige Missverständnisse geklärt und sie ansonsten in ihrer ursprünglichen Fassung belassen. Nicht, weil ich sie samt und sonders für vollendet hielte, vielmehr, weil jede Erzählung eine zweite Geschichte enthält, jene ihrer Entstehung nämlich. Die Leser braucht das nicht zu kümmern, aber für einen Schriftsteller ist diese zweite, ungeschriebene Geschichte fast ebenso wichtig wie die gedruckte. So entstand etwa »Der Schlüssel« in einer einzigen, ziemlich wahnsinnigen Nacht in einem Hotelzimmer vor einer Lesung an den Solothurner Literaturtagen, zu der ich ohne Text, aber mit einer Idee und einer Hermes Baby angereist war. Das hatte keine romantischen Gründe, ich hätte mir liebend gerne einen Laptop geleistet, aber leider kosteten sie damals ein Vermögen, und das besaß ich nicht.

Und »Eine feine Nase« ist alles, was geblieben ist von einem umfangreichen Gesellschaftsroman, an dem ich viele Monate saß und den ich schließlich so lange kürzte, bis nur noch der wirklich unentbehrliche Teil übrig war, eben jene drei Szenen, die meiner Meinung nach alles erzählen, was man von dieser Geschichte wissen muss. Aber natürlich ist auch die Verzweiflung enthalten, die mich in all jenen Monaten begleitete, die wachsende und schmerzhafte Erkenntnis, dass es für einen voluminösen Gesellschaftsroman vorderhand keine Notwendigkeit gibt.

So ist jede dieser Erzählungen mit einem bestimmten Moment verbunden, und in dieser Verbindung wollte ich sie belassen. Texte kann man korrigieren, überarbeiten, erweitern, aber ich glaube, jede Literatur sollte zuerst vom gelebten Leben erzählen, und dieses, im Guten wie im Schlechten, bleibt von jeder nachträglichen Redaktion ausgeschlossen.

Lukas Bärfuss, im Sommer 2019